KB213344

은해상단 막내아들 19

초판 1쇄 발행 2024년 12월 26일

지은이 | 향란
발행인 | 최원영
편집장 | 이호준
편집디자인 | 박민솔
영업 | 김민원 조은걸

펴낸곳 | ㈜ 디앤씨미디어
등록 | 2002년 4월 25일 제20-260호
주소 | 서울시 구로구 디지털로32길 30 코오롱디지털타워빌란트 1301-1308호
전화 | 02-333-2513(대표)
팩시밀리 | 02-333-2514
E-mail | papy_dnc@dncmedia.co.kr
블로그 | blog.naver.com/gnpdl7

ISBN 979-11-364-5848-3 04810
ISBN 979-11-364-4602-2 (SET)

19

란 신무협 장편소설

YRUS ORIENTAL FANTASY

은해상단 막내아들

PAPYRUS
파피루스

93장. 양양무관의 새로운 출발 …………7

94장. 혼인 선물 …………………………… 65

95장. 친우의 혼인 ……………………… 109

96장. 위험요소 ……………………………153

97장. 외갓집 ………………………………251

98장. 개판이구나 ……………………… 309

93장. 양양무관의 새로운 출발

양양무관의 새로운 출발

성준 장주는 요즘 심기가 무척이나 불편했다.

그건 그가 야심 차게 추진했던 주루 사업이 쪽박을 찼기 때문이다.

쪽박도 그런 쪽박이 없었다.

"저, 장주님."

"무슨 일인가?"

그런 그에게 내총관이 찾아와 조심스럽게 물었다.

"이번 달 가문의 고용인들에게 봉급을 줄 돈은 어찌해야 하는지……."

그 말에 성준 장주는 뒷목이 당기는 것을 느꼈다.

"조금만…… 기다리라고 해."

"알겠습니다."

내총관이 나가자, 성 장주는 자리에서 일어나 신경질적

으로 창문을 열었다.

답답해서 견딜 수 없었으니까.

그런데…….

하필이면 그 창문 쪽 저 멀리에 팔 층짜리 건물이 보였다.

그 건물은 다름 아닌 그가 지은 주루인, 가호루였다.

속이 부글부글 끓어오르며 그는 창문을 탁 닫아 버렸다.

처음 그가 아버지의 유지를 어기고 가호루를 지었을 때만 하더라도 잔뜩 희망에 부풀어 있었다.

서호 주변에 사업체를 가지고 있는 다른 장주들처럼 돈을 갈퀴로 긁어모을 줄 알았다.

하지만 그의 기대와 달리 가호루에 손님은 많지 않았다.

이에 그 이유를 알아보기 위해 하오문에 거금을 주고 정보를 의뢰했다.

"그곳에서 서호가 잘 보이는 것도 아닌데 갈 이유가 없다고 합니다."

"그래도 팔 층에서는 서호가 보이네."

"주루 손님들의 대부분은 그 아래층에서 식사하는 이들입니다. 그리고 타지에서 온 손님들은 서호를 보기 위해 왔는데 서호 가까운 곳에 있는 곳을 가지 왜 가호루에 가겠습니까?"

"……."

하오문에서 전해 준 직설적인 정보를 들은 성 장주는 그제야 꿈에서 깬 것 같았다.

생각해 보니, 그간 여러 사람들이 가호루 사업을 말렸다.

그의 가족들은 물론 내총관도 말렸고, 친하게 지내는 장주들도 이 사업을 말렸다.

하지만 그는 본인의 판단을 믿는 사람이었고, 다른 장주들이 자신을 시기해서 그런다고 생각했다.

아무튼, 시작과 동시에 망할 순 없으니 눈물을 머금고 값을 대폭 내렸다.

그러면서 주머니 가벼운 손님들이 하나둘 오기 시작했지만, 얼마 가지 않아 금주령이 내려 버렸다.

성 장주로서는 미치고 팔짝 뛸 일.

가산을 털어 가호루를 지었지만, 투자금을 회수하기는 커녕, 운영자금을 메우느라 죽을 맛이었다.

그때 문이 열리고 시종이 들어왔다.

"저, 장주님. 오늘 모임은 어찌하실 생각이십니까?"

"아, 그리고 보니 오늘이 모임 날이었지."

인근 장주들끼리 만든 모임이 있었다. 명주회라고 두 선인이 만든 명주가 떨어져 서호가 되었다는 전설에서 이름을 따온 모임이다.

그는 지난번 모임을 떠올렸다.

요즘 힘든 건 성 장주뿐만이 아니었다.

흉년이 길어지며 민란이 곳곳에서 일어났고, 금주령까지 내려지며 서호 주변에 사업체를 가진 장주들은 쌓이는 적자에 허덕이며 울상이었으니까.

비록 자신의 코가 석 자였지만, 떵떵거리던 장주들이 울상인 꼴을 보는 건 재밌는 일이다.

"가야지. 그리 알고 준비하도록 해라."

"네. 장주님."

저녁이 되었다.

성 장주는 약속 장소로 향했다.

이번 모임의 장소는 월주루로, 같은 모임에 속한 만 장주가 소유한 곳이다.

"어서 오십시오."

"에헴, 다들 왔는가?"

"네. 이 층에 계십니다."

성 장주는 이 층으로 올라가며 고개를 갸웃했다.

지난번에 왔을 때랑 너무 달라져 있었기 때문이다.

낡았음에도 고치지 않고 있던 것들이 깔끔하게 고쳐져 있거나 새 것으로 바뀌어 있었던 것.

마침 이 층에 올라가자마자 만 장주가 보였다.

"만 장주, 그간 돈이 없다고 고칠 것도 고치지 않고 있더니 갑자기 무슨 일이오? 어디서 금덩어리라도 떨어졌소?"

"아, 그건 내가 고친 게 아니오."

"그게 무슨 소리요? 이 주루를 당신이 고치지 않으면 누가 고친다고?"

"이 주루의 새로운 주인이 고친 것이오."

"새로운 주인이라니?"

"얼마 전 이 주루를 팔았소."

그러고 보니 만 장주의 얼굴에는 그동안 가득하던 근심이 싹 사라져 있었다.

마치 앓던 이가 빠진 듯 어딘가 후련해 보였다.

하지만 요즘 시기가 시기인 만큼, 좋은 가격을 받지는 못했을 터.

"그랬구려. 이 좋은 주루를 헐값에 넘겨서 어찌하오?"

"엥? 헐값에 넘기다니? 아니오."

그는 손을 내저으며 말했다.

"사실 내가 부른 가격은 헐값이었지. 하지만 이 주루를 사 주신 분이 어찌 그런 헐값을 부르냐면서 좋은 가격에 사 주셨지."

"어디서 그런 호구가?"

그의 말에 뒤에서 누군가 심기가 불편한 듯 말했다.

"호구라니, 우리의 은인을 어찌 그딴 식으로 지칭한단 말이오."

"에헴! 그분은 그런 소리를 들은 분이 아니오."

성 장주는 두 눈을 끔벅였다.

'아니, 이 사람들이 단체로 뭘 잘못 먹었나?'

그러고 보니 그들의 얼굴에도 이전에 봤던 근심이 사라져 있었다.

'설마?'

성 장주는 그들에게 물었다.

"혹시, 그대들도 그 호…… 아니, 그분에게 사업체를 넘겼소?"

"그렇네."

"아주 좋은 가격에 넘겼지."

"여기 만 장주의 말을 듣자마자 청파루로 달려간 보람이 있었지."

그 말에 성 장주가 만 장주에게 따지듯 물었다.

"이거 서운하오. 왜 나에게는 말해 주지 않은 것이오?"

"내게 그런 말을 하면 안 되는 것 아니오? 전에 내가 혹시라도 인수할 사람이 나타나면 판매할 거냐고 물었을 때 뭐라고 했소. 성 장주만, 그럴 일 없다고 딱 잘라 말하지 않았소?"

"……."

그는 말문이 막히고 말았다.

"그래서 내 알리지 않은 것이니 서운하게 생각하지 마시오."

그 말에 성 장주는 헛기침을 하며 화제를 돌렸다.

"험험, 그래서 누구에게 판 것이오?"

"성 장주도 들어 봤을 것이오. 은해상단의 은서호 소단주라고."

"아! 그 선협미랑?"
"그렇소."
"그런데 흉년이 끝나면 사업체들은 다시 많은 수익을 낼 텐데…… 나중에 그거 상당히 속이 쓰리지 않겠소?"
"그럴 수 있지."
"하지만 지금 당장 발등에 떨어진 불을 끄는 게 우선이지 않겠소?"
"그리고 나름 만족할 만한 조건도 있었고."
무슨 조건이기에 이리 말하는지 궁금했다. 그런 그의 의문을 알아차렸는지 아니면 자랑하고 싶어서인지 장주들은 순순히 입을 열었다.
"향후 십 년간 우리가 넘긴 사업체의 수익에서 일 할을 주겠다고 했네."
"일 할이나 말이오?"
"그렇다네. 우리로서는 대만족이지. 당장의 불을 끈 데다가 십 년이나 추가적인 수익을 받을 수 있으니 말이지."
"하지만 수익의 일 할을 떼어 줄 정도면 분명 그 조건이……."
"조건도 별로 어렵지 않았네. 양양무관을 비호해 줄 것!"
그 말에 성 장주의 얼굴이 팍 일그러졌다.
그도 그럴 것이 양양무관과 성 장주 사이는 결코 좋은 인연이라고 할 수 없었기 때문이다.

"그러고 보니, 추가로 사업체들을 매입하고 있다던데 말이지."

그 말에 성 장주의 귀가 쫑긋거렸다.

은서호와 양양무관이 무슨 관련이 있는지 알 수 없지만, 그 정도로 호구라면 가호루도 좋은 가격에 매입해 줄 것 같았기 때문이다.

갑자기 가슴이 두근거리며, 설레기 시작했다.

* * *

"이 계약서까지 하면, 총 스물두 곳의 사업체를 인수하셨습니다."

서향 소저의 말에 나는 고개를 끄덕였다.

"이 정도면 충분하겠죠?"

내 물음에 팔갑이 대답했다.

"흐미, 도련님. 그건 도련님이 알지 우리들이 어찌 압니까요?"

음, 그렇긴 하지.

스물 두 곳이면 서호 근처의 사업체 중 거의 절반 정도가 내 손에 들어왔다는 의미다.

소문이 날 대로 난 지금까지 나를 찾아오지 않는다는 건 사업체를 넘길 생각이 없다는 거겠지.

혹은 이미 다른 곳에 팔렸거나.

내가 이곳의 사업을 독점할 것도 아니고 이 정도면 충

분하다.
그때 서향 소저가 말했다.
“제가 볼 때, 굵직한 사업체들은 거의 다 인수하신 듯합니다.”
그녀의 말대로, 큰 사업체들이 버티기 힘들 때를 맞춰 왔기에 양질의 사업체들을 대부분 인수할 수 있었다.
“그럼 사업체 인수는 여기서 마무리합시다.”
“알겠습니다.”
그나저나 어제가 성 장주가 속해 있는 명주회의 모임이라고 했었나?
이제 하오문이 정상적으로 운영되기 시작했기에 더 이상 정보를 사들이진 않았지만, 그간 모은 정보만으로도 많은 것을 알 수가 있었다.
내게 사업체를 판 장주들 중 상당수가 명주회라는 모임에 속해 있었다.
그렇다면 내 이야기를 들었으니, 나에게 가호루를 넘길 생각에 가슴이 두근거리고 설레고 막 그럴 텐데.
이걸 어쩌나?
나는 가호루를 살 생각이 없는데?
아무튼, 이제 슬슬 항주에서의 일을 마무리해야겠군.

다음 날.
나는 아침 일찍 양양무관으로 향했다.
“어서 오십시오.”

염 관주가 미소 가득한 얼굴로 나를 맞아 주었다.

“소단주님의 이름이 온 사방에 자자하더군요.”

“하하하, 제가 일을 좀 화려하게 했습니다.”

“그래서 뜻하신 건 다 얻으신 겁니까?”

그 물음에 나는 고개를 끄덕였다.

“물론입니다. 충분히 원하던 것 이상으로 얻었습니다.”

“다행이군요. 아, 그리고 보내주신 음식은 잘 먹었습니다. 정말 맛있더군요.”

“입에 맞았다니 다행입니다.”

나는 말을 이었다.

“오늘 시간 있으십니까?”

“별다른 일은 없습니다만.”

“그렇다면 저와 함께 가시죠. 양양무관의 땅을 되찾으셔야지요.”

나는 염 관주와 함께 성 장주의 집으로 향했다.

우리를 본 문지기가 물었다.

“무슨 일이십니까?”

“장주님을 뵈러 찾아왔습니다.”

“선약이 되어 있으십니까?”

“그건 아닙니다.”

그러자 문지기가 고개를 저으며 말했다.

“장주님께서는 바쁘신 분입니다. 그러니 약속을 잡고 나중에 다시 오시지요.”

그 말에 내가 대답했다.

"그리하지요. 그럼, 장주님께 은해상단의 은서호라는 자가 한 반년 뒤에 다시 찾아뵙겠다고 전해 주십시오."

그리 말한 우리는 다시 양양무관으로 되돌아갔다. 그러자 염 관주가 고개를 갸웃하며 내게 물었다.

"반년 후라니, 그래도 되는 겁니까?"

"네. 괜찮습니다. 지금 똥줄이 탈 정도로 급한 건 성 장주입니다. 분명 사흘 안에 옵니다."

내가 반년 후라고 말한 건 그를 더 다급하게 만들기 위함이다.

* * *

은서호 일행이 떠나고, 문지기는 성 장주의 시종에게 고했다.

"방금 손님이 오셔서 장주님을 뵙고자 하여 선약이 있는지를 물었는데, 없다고 하셔서 돌려보냈습니다."

"잘했다. 선약도 없이 장주님을 뵙고자 했다니! 꿈도 야무지구나!"

"그러면서 반년 후에 다시 찾아오겠다고 했습니다."

시종은 옷소매에서 일정표를 꺼내어 펼치며 말했다.

"반년 후라면…… 올해 십이월인가? 그래, 누구라더냐?"

"은해상단의 은서호라고 했습니다."

"은해상단의 은서……."

순간, 시종의 몸이 굳어 버렸다.

간신히 고개를 든 그가 물었다.

"지금 뭐라고?"

"은해상단의 은서호라고 저기 양양무관의 염 관주와 함께 오셨……."

"이런 썩을! 네가 지금 장주님께 죽고 싶어서 환장을 했구나!"

"네?"

방금까지 잘 했다고 하더니, 갑자기 바뀐 태도에 문지기는 어안이 벙벙했다.

"그분은 우리 장주님의 구명줄이란 말이다!"

"네?"

반년 후라니!

반년 동안 쌓이고 쌓일 적자에 화가 쌓일 대로 쌓인 장주를 상대하는 건 무척이나 끔찍한 일.

시종은 후다닥 장주의 집무실로 향했다.

* * *

양양무관의 접빈실.

나와 염 관주는 성 장주를 마주하고 있었다.

염 관주는 나를 보며 입을 벌리고 있었다.

어찌 이렇게 신통하냐는 듯한 표정.

나도 웃으며 눈으로 대답했다.

보십시오. 제가 말했죠? 사흘 안에 올 거라고요.

그나저나 어지간히도 급했나 보다.

사흘이 뭐야?

바로 다음 날인 오늘, 이렇게 양양무관으로 찾아온 것을 보면 말이다.

"어제 저희 문지기로 인해 언짢은 일을 겪게 하신 것 송구하게 생각합니다."

극도로 공손한 태도다.

"별말씀을요. 문지기는 문지기의 소임을 다한 것뿐이지 않습니까?"

"그리 생각해 주시니 감사합니다. 혹시…… 저를 찾아오신 이유가 가호루를 인수하기 위해서입니까?"

아이고, 성 장주님.

설레발도 보통 설레발이 아니시군요.

나는 미안한 표정을 지으며 말했다.

"죄송하지만, 그 목적 때문이 아닙니다."

"네?"

"어제부로 서호 주변의 사업체를 인수하는 일은 모두 마무리했습니다. 이제 슬슬 돌아갈 준비를 하고 있었습니다."

"네에?"

내 말을 전혀 상상도 못 했는지 그의 낯빛이 검게 변했다.

"그, 그게 무슨 말입니까? 그러면 이제 더 이상 사업체를 인수하지 않는다는…… 말입니까?"

"네. 그렇습니다."

"아니! 그러면 대체 뭘 위해서 나를 보고자 한 겁니까?"

그의 말에 나는 품에서 서류를 꺼내어 펼쳤다.

"이건, 돌아가신 성지명 장주님과 돌아가신 전대 양양무관의 관주님이 체결한 계약서입니다."

"계약서라니? 그게 무슨……."

그리 중얼거리며 계약서를 본 성 장주의 눈동자가 급격하게 흔들리기 시작했다.

이건 항주 성가의 성지명과 양양무관 백을지와의 ××에 위치한 땅 오백 평을 임대하는 것에 대한 진짜 계약서이다.

나 성지명은 나의 구명지은에 대한 보답으로 매년 은자 다섯 냥에 양양무관에 그 땅을 영구적으로 빌려 줄 것을 약속한다.

만약 이 약속을 깨고 나의 자손이 퇴거를 명하면 그 순간, 그 땅에 대한 권리는 양양무관으로 넘어가며 임대에 대한 대가 역시 납부할 의무가 사라진다.

믿을 수 없다는 표정.

"이미 지현 대인께 공증을 받은 문서이니, 진본이 틀림없습니다."

"……."

"또한 성 장주께서 양양무관에게 퇴거를 명했고, 이사를 했다는 명백한 증거 또한 있으니 그 땅에 대한 권리는 양양무관으로 넘어왔음 역시 명백합니다."

나는 말을 이었다.

"그러니, 이제 그 땅을 돌려주시지요."

내 말에 그의 얼굴이 점점 붉어지더니 버럭 소리쳤다.

"그게 무슨 개소리인가? 그리고 이 계약서가 진본이라는 증거를 대 보게!"

"방금 말씀드렸지 않습니까? 지현 대인께 공증을 받았다고요."

"대체 얼마를 줬기에 이런 말도 안 되는 계약서에 공증을 받은 거야!"

이제 본색을 드러내시네.

방금까지 나에게 공손했던 태도는 온데간데없다.

"그리고 자네는 대체 양양무관과 무슨 사이길래 이 일에 나서는 건가?"

"아주 각별한 사이입니다. 설마 모르시는 겁니까? 이미 일전에 제가 양양무관에 있을 때 사람을 불러 감시하지 않으셨습니까?"

"……."

"그런데 지금 지현 대인을 뇌물이나 받아먹는 그런 탐관오리라고 하신 겁니까?"

"그야, 그자는 내가 준 뇌물을 넙죽넙죽 받아먹……."

"아, 뇌물을 주셨습니까?"

"……!"

그는 잠시 멈칫하더니 적반하장으로 나왔다.

"뭘 그런 거 가지고 그러나? 이미 알 만한 사람들은 다 아는 거 아닌가?"

"그래서 그 땅을 돌려주지 못하겠다는 말씀입니까?"

"흥! 지현의 공증 따위를 내가 어찌 믿고!"

"그럼 누구의 공증이 있어야 믿으시겠습니까?"

"뭐, 황궁의 공증이라도 있으면 내 모르지."

그 말에 나는 씩 웃으며 품에서 뭔가를 꺼냈다.

"제가 그럴 줄 알고, 이렇게 가져왔습니다."

나는 아주 그것을 펼쳐 다탁 위에 올려놓았다.

"호부시랑 대인의 공증입니다."

"……!"

내 말에 잠시 양양무관의 접빈실에 정적이 흘렀다.

그리고 가장 먼저 반응한 이는 염 관주.

"그, 그게 진짜 호부시랑 대인의……."

"네."

성 장주의 입이 떡 벌어졌다.

후후후.

많이 놀라셨죠?

지현에게 이 서류의 공증을 받을 때, 지현은 조심스럽게 우려를 표했다.

"사실 이 항주는 장주들의 세가 대단합니다. 그래서 저도 꼼짝 없이 그들의 말을 들어 주어야 할 때가 많습죠. 성 장주 역시 마찬가지입니다. 그러니 이를 대비하여 더 높으신 분의 공증을 받는 게 좋을 듯합니다."

하여 이전에 호부시랑에게 이 계약서의 공증을 받아 두었다.

지현의 조언을 듣길 잘했네.

호부시랑은 호부의 이인자.

이런 공증의 신뢰도로는 거의 최고 수준.

감히 성 장주라고 해도 더는 강짜를 부릴 수 없다.

솔직히 호부상서 대인의 공증을 받고 싶긴 했지만, 워낙 바쁘신 분이라서 말이지.

"앞으로 닷새 안에 정리해서, 돌려주셨으면 합니다."

"그, 그럼, 그 주루 건물은? 그 건물은 내가 내 돈을 들여서 지은 건물이네!"

"물론 허무셔야죠."

"뭐?"

"이전 양양무관의 건물도 양양무관의 돈을 들여 지은 건물이었습니다. 그런데도 그리 허무셨는데, 장주님의 주루 건물이라고 허물지 못한다는 법이라도 있습니까?"

나는 무릎을 치며 말했다.

"아! 그러고 보니 양양무관의 건물을 허문다고 철거비도 받으셨다죠?"

만약 계약이 만료되어 퇴거하게 되었을 경우 철거비를 부담하는 것이라면 당연한 일이지만, 이 일은 강제로 퇴거를 명한 경우다.

"그러면 철거비를 주시거나, 성 장주께서 싹 치워 주시면 됩니다."

양양무관을 철거할 때 그 철거비로 은자 서른 냥을 받았다.

일 층짜리 양양무관이 그만큼 들었으니, 팔 층짜리 주루 건물을 철거하는 건 몇 배가 들어가겠지.

게다가 고층 건물인 만큼 훨씬 더 많은 돈이 들어갈 거다.

성 장주도 그 정도 계산은 되니까 저렇게 얼굴이 새파랗게 질린 거겠지.

"하, 하지만 내게 그런 큰돈이 어디에 있다고……."

"왜 없습니까? 성 장주님에게 돈이 없다니! 지나가던 개미가 웃을 일입니다."

아, 진짜 없을 수도 있겠구나.

그러니까 가호루를 나에게 팔려고 이렇게 한달음에 달려온 거겠지.

땅이야 많이 있겠지만, 당장 그에게 필요한 건 현금이다.

현금이 잘 돌아야 건강한 부자인데, 지금 성 장주는 그게 아니었다.

"빨리 결정하십시오. 저희 바쁩니다."

"그, 그…… 사정을 좀 봐주게나."
"장주님께서는 양양무관의 사정을 봐주셨습니까? 그 추운 겨울에 나가라고 하시지 않았습니까?"
내 말에 성 장주의 입술이 다물어지더니 고개가 점점 아래로 떨어졌다.
나는 그 모습을 보며 느긋하게 차를 마셨다.
이쯤이면 슬슬 본론을 꺼내도 되겠군.
"그럼 이렇게 하시는 건 어떻습니까?"
"……?"
"그 주루 건물도 그냥 저희에게 넘기십시오. 일이 년 지나긴 했지만 그 정도면 신축 건물이니 철거하기 아깝지 않습니까?"
"그렇긴 하지."
"그러니 저희가 그 건물을 그냥 쓰는 거로 하죠."
"그 말은 내 주루 건물을 그냥 홀랑 먹어 버리겠다는 뜻이지 않나?"
"그럼 철거비를 주시거나 철거해 주시면 됩니다."
내 말에 잠시 생각하던 성 장주는 한숨을 내쉬며 말했다.
"알겠네. 그리하겠네."
"잘 생각하셨습니다."
그렇게 성 장주는 모든 것을 잃은 듯한 뒷모습으로 양양무관을 나섰다.
"그럼 이제 다 끝난 겁니까?"

염 관주의 물음에 나는 고개를 끄덕였다.

"네."

자신의 주루 건물을 뺏기지 않기 위해 꿈틀거리기는 하겠지만, 그건 내가 마련해 놓은 안배에 막힐 거다.

"그런데 소단주님, 그건 왜 주지 않은 겁니까?"

염 관주가 가리킨 건, 다른 몇 장의 종이.

그건 전대 장주인 성지명 장주가 아들에게 남긴 서신으로 진짜 계약서와 함께 있던 것이다.

나는 쓴웃음을 지으며 고개를 저었다.

"지금 이걸 준다고 해도, 여기 적힌 전대 장주의 말이 귀에 들어오지 않을 겁니다."

"그럼 언제?"

"조만간 때가 올 겁니다."

* * *

성 장주는 집에 돌아왔다.

"어찌 되셨습니까?"

그가 돌아오기를 가장 기다렸던 자는 내총관.

하지만 그는 원하는 대답을 들을 수 없었다.

"젠장! 젠장! 젠장! 왜 아버지는 그딴 계약서를 남겨서는! 젠장!"

"네?"

"가호루가 있는 땅과 건물, 이제 우리 것이 아니게 되었다는 의미다."
"그럼 은서호 소단주가 인수하기로 한 겁니까?"
"하! 그렇다면 내가 이런 표정이겠느냐?"
그 말에 내총관은 찔끔했다.
그의 얼굴은 말 그대로 모든 것을 잃은 표정이었으니.
"아버지가 양양무관의 땅에 대한 계약서를 남겼더구나. 하하하."
성 장주는 어이가 없다는 듯 웃으며 자초지종을 설명했다.
그 역시 알고 있어야 하는 이야기였으니까.
"그렇게 된 겁니까? 허……."
잠시 탄식한 내총관이 고민 끝에 입을 열었다.
"그 계약서를 호부시랑 대인께서 공증해 주셨다고 하셨습니까?"
"맞네."
"그렇다면 상소를 올리시지요."
"상소를?"
"네. 제가 알기로 뭔가 불합리한 일이 있을 때 지현을 통해 상소를 올리면 이에 대해 다시 심리하니, 구제 받으실 가능성이 있습니다."
"오! 좋은 방법이군! 당장 지현에게 가지."
안색이 밝아진 성 장주는 다급히 현청으로 향해 지현을 만났다.
"그 일이라면 저도 압니다. 제가 그 계약서가 진본이라는 것을 공증했으니 말입니다."
"정말 진본이 맞았나?"
"네."
"대체 그놈이 얼마를 줬기에 이러는가?"
"허어! 말조심하십시오. 그분에게 어찌!"
"그분?"
지현은 당황한 듯 말을 돌렸다.
"험험, 아무튼 저는 장주님께서 이리 나오시는 것을 이해할 수 없습니다. 계약서가 떡하니 있는데 어찌 그런 강짜를 부리시는 겁니까?"
"계속 그렇게 나온다면 지금까지 내가 준 것들을 다 토해 내야 할 거네."
"윽!"
그 말에 지현은 곤란하다는 표정을 지었다. 그도 그럴 것이 그동안 제법 받아먹었기 때문이다.
은서호에게 걸린 후로는 일절 받아먹지 않고 있지만 말이다.
하지만 문득 속이 부글거렸다.
상대는 일개 장주일 뿐이고, 자신은 황제 폐하께 임명을 받은 지현인데 말이다.
"지금 저를 협박하시는 겁니까?"
"협박이라…… 맞네."
"후, 비록 제가 좀 받아먹긴 했습니다. 하지만 저 혼자 죽겠습니까?"

"……."

성 장주는 말문이 막힐 수밖에 없었다.

뇌물죄는 받은 사람만이 아니라, 준 사람도 처벌을 받는 것이니까.

"일 없습니다. 돌아가시지요."

그 축객령에 성 장주는 현청을 나올 수밖에 없었다.

"젠장!"

이를 갈던 성 장주는 현청을 일별하며 생각했다.

'다른 장주들의 도움을 빌려야겠군. 저렇게 배짱을 부린다고 해도 다른 장주들까지 합세하면 내가 바라는 대로 상소를 올리지 않을 수 없겠지.'

성 장주는 시종에게 말했다.

"마 장주에게 가자."

"네."

마가장으로 향하던 성 장주는 문득 떠오른 생각에 발걸음을 멈출 수밖에 없었다.

"십 년간 우리에게 사업체 수익의 일 할을 떼어 주기로 했지. 조건은 단 하나였네. 양양무관을 비호해 줄 것!"

은서호와 양양무관의 사이가 각별한 만큼, 충분히 그런 조건을 걸 법했다.

하지만 왠지 은서호는 그 이상의 것을 보고 그런 조건을 건 듯했다.

'설마 내가 이럴 것을 예측하고 장주들을 그런 식으로 포섭했다는 건가?'

성 장주는 등에서 식은땀이 주룩 흘렀다.

그리고 동시에 아버지의 유지가 떠올랐다.

"준아, 우리 성가장이 오랫동안 이어지기를 원한다면 주루 사업이든 뭐든 유흥을 위한 사업에는 손대지 말거라. 우리 가문은, 그런 사업을 감당할 만큼의 깜냥이 되지 않으니까."

이제 알 것 같았다.

아버지가 어째서 자신에게 그런 유지를 남겼는지.

이미 오래전부터 서호의 장주들이 사업체를 유지하지 못하고 누군가에게 넘길 상황을 예견하고 있으셨던 거다.

성가장이 그런 어려운 상황에 처하지 않기를 바라셨던 것.

그러니 '너는 그런 사업을 감당할 만큼의 깜냥이 되지 않는다'고 말한 게 아닌, '우리 가문은 그런 사업을 감당할 만큼의 깜냥이 되지 않는다.'라고 한 거다.

'후, 아버지…….'

성 장주는 그제야 후회했다.

하지만 이제 와서 그가 할 수 있는 것은 아무것도 없었다.

* * *

다음 날.

나는 오전부터 양양무관으로 향해 염 관주와 이사에 관해 논의했다.

그렇게 논의하던 중, 무관의 제자가 찾아와 손님의 방문을 알렸다.

"손님?"

"네. 성 장주님께서 오셨습니다."

무슨 일이지?

고개를 갸웃하며 그를 접빈실로 모시라고 했다.

우리 사이가 그리 살갑지 않은 만큼, 긴 인사는 하지 않았다.

"어제 뵙고 또 뵙는군요. 어인 일이십니까?"

염 관주의 말에 성 장주가 자리에서 일어나 그에게 고개를 숙였다.

"그간, 미안했네."

"네?"

그의 행동이 뜻밖이었기에 순간 당황했다.

"내가 그동안 내 아집에 사로잡혀, 되지도 않는 욕심을 부렸네. 하여 양양무관에게 해서는 안 될 짓을 하고 말았네. 아버지께서 양양무관은 가문의 은인이니 잘 대해 주라고 하셨는데 말이지."

"……."

나는 당황을 가라앉히고 성 장주의 눈을 보았다.

어쩐지 그의 눈이 맑아 보였다.

"나는 그 땅에 대한 권리가 없는 사람이네. 내 잘못으로 인해 그 땅을 잃었는데 누구를 탓하겠는가?"

뭔가 처연함까지 느껴졌다.

"하여, 나는 그 땅을 정식으로 양양무관의 땅이라 인정하겠네. 그리고 건물에 대한 권리도 포기하겠네. 이런 말을 하면 염치없지만, 그 건물은 내 잘못에 대한 사죄의 표시라고 생각해 주게."

나는 그를 살짝 떠보았다.

"큰 결심을 하셨군요. 솔직히 그러면 장주님의 손해가 만만치 않을 텐데, 괜찮으십니까?"

"괜찮지 않지. 속도 상당히 쓰리고. 하지만 어쩌겠는가? 이미 엎질러진 물인데."

아, 진심으로 잘못을 뉘우치고 있구나.

"돌아가신 아버지께서는 내게 유흥 쪽 사업에는 손을 대지 말라고 하셨지. 하지만 나는 결국 손을 대고 말았네. 그래서 이를 아버지의 유지를 듣지 않은, 불효에 대한 벌이라고 생각하려고 하네."

그는 말을 이었다.

"아무튼, 주루는 사흘 내에 정리해 주겠네. 다만, 그 안에 있는 집기들은 팔아도 되겠나? 고용인들에게 조금이나마 돈을 쥐여 주려면 그 수밖에 없어서 양해를 구하네."

"물론 그리하셔도 됩니다."

중요한 건 건물이지 집기가 아니다.

솔직히 가호루 안의 집기들은 주루 영업을 위한 집기였기에 지나치게 화려하고, 무관 사람들에게 쓸모가 없다.

"고맙네."

그리 말한 성 장주는 자리에서 일어났다.

나는 지금이, 성 장주의 아버지가 그에게 남긴 서신을 건네줄 때라는 것을 알았다.

"장주님."

"아직 할 말이 남았나?"

"사실, 저희가 선대 장주님께서 남기신 진짜 계약서가 있던 곳에서 찾은 게 하나 더 있습니다."

나는 그 앞에 봉투를 내밀었다.

"사실, 봉투는 없었는데 서신을 보관하기 용이하도록 봉투에 넣었습니다."

"이걸 왜 이제야?"

"지금이라면, 이 서신을 찢어 버리지 않으실 것 같아서요. 돌아가신 아버지의 소중한 유지입니다. 소중히 다루셔야지요."

내 말에 성 장주가 쓰게 웃었다.

그도 내 말이 틀리지 않음을 알고 있다는 거다.

"고맙네."

성 장주는 내게 인사하고는 양양무관을 떠났다.

* * *

자신의 집으로 돌아온 성 장주는 한숨을 내쉬었다.
모든 생각을 정리하자 뭔가 후련했다.
그는 품에서 은서호에게 받은 서신을 꺼냈다.
그 서신의 첫 번째 문장부터 그를 부끄럽게 했다.

[내 아들 준아. 네가 이 서신을 볼 때면 너는 아마도 내 말을 듣지 않고 네 멋대로 행동하다가 큰 곤란을 맞이했겠지.]

구구절절 그를 훈계하는 내용.
그 구절 하나하나가 그의 가슴에 콕콕 박혀서 아프게 했다.
'은서호 소단주 말대로, 이전의 나라면 이 서신을 찢어 버렸겠군.'

[마지막으로, 내 말을 허투루 여기지 않겠다고 결심했다면 다시 똑바로 살아갈 기회를 주마. 후원 연못 가운데 거북이 석상을 찾아 보거라.]

그는 고개를 갸웃하며 자리에서 일어나 후원으로 향했다.
후원의 연못은 허리 정도의 깊이로, 그 혼자 들어가는

데 문제가 없었다.
하인이나 시종을 시켜도 될 일이지만, 아버지의 유지였기에 직접 연못 안으로 들어갔다.
그는 연못 가운데 있는 거북이 석상을 찾았고, 번쩍 들어 올렸다.
"헉!"
그 아래 숨겨져 있는 것들을 본 순간, 그는 놀라 숨을 멈추고 말았다.

* * *

나는 가호루에 와 있었다.
성 장주는 약속대로 사흘 안에 가호루를 정리해 주었다.
내가 이곳에 온 건, 필요한 것들을 살피기 위함이다.
그러는 와중에 염 관주가 도착했다.
"오셨습니까?"
"늦어서 죄송합니다. 성 장주가 찾아와서 잠시 이야기를 나누느라 늦었습니다."
"성 장주가 말입니까?"
내 물음에 그는 고개를 끄덕이며 상자를 보여 주었다.
"네. 직접 찾아와 이것을 주고 갔습니다."
"……?"
고개를 갸웃하는 나에게 염 관주가 상자를 열어서 보여주었다.

"은자 서른 냥입니다. 다시 한번 미안하다면서 이걸 주더군요. 예전에 저희 양양무관 철거비로 받아 갔던 금액입니다."

"이걸 주기 위해 직접 찾아왔다라…… 참 사람이 많이 달라졌군요."

"네, 확실히 많이 바뀌었습니다."

염 관주가 고개를 주억이며 말을 이었다.

"그나저나 자금난으로 힘들 텐데 이 돈을 어떻게 마련한 것인지……."

"그러게요."

나는 모른 척 시치미를 뗐지만, 짐작 가는 부분이 있었다.

아마 전대 장주님의 유산을 발견한 거겠지.

그걸 내가 어찌 아냐고?

돌아가신 성지명 장주님께는 죄송하지만, 혹시 양양무관에 남기는 말이 있는가 싶어서 그 서신을 읽어 봤었다.

그리고 그 마지막 구절에 전대 장주님의 안배가 있었다.

성가장의 후원 연못 가운데 있는 거북이 석상.

하여 나는 몰래 성가장에 잠입해 연못에 가 봤다.

분명 금령이 그 석상을 보며 침을 뚝뚝 흘렸었지.

그걸 보고 확신했다.

그 안에 귀한 것들이 있음을.

아마 금은보화나 금자가 아닐까 싶었다.

솔직히 자신의 아들이 어찌 행동할지 예상하고 진짜 계약서를 숨겨 놓으신 분이다.

아들이 자신의 유지를 듣지 않을 것을, 그래서 결국 유흥 사업에 손을 대고 힘들어질 것도 예상하신 거겠지.

“그나저나 선대 성 장주님은 대체 몇 수 앞을 바라보신 걸까요?”

“왜 그리 생각하십니까?”

“왠지 이 팔 층짜리 건물이, 양양무관에 주는 선대 장주님의 선물인 것 같다는 생각이 들어서 말입니다.”

내 말에 염 관주가 뒷목을 긁적였다.

“그리 생각할 수도 있겠군요. 하지만 이것도 소단주님이 계셨기 때문에 양양무관의 손에 들어온 게 아니겠습니까?”

그건 맞는 말이다.

내 이전 삶에서, 양양무관이 어찌 지냈는지는 잘 모르지만 여러 정황상 무척 힘겨웠을 테니까.

그럼에도 계속해서 이게 선대 장주의 선물 같다는 생각이 드는 건 왜일까?

이내, 나는 피식 웃고는 상념을 지웠다.

“오시기 전까지 필요한 것들을 정리하고 있었습니다.”

그러고는 서향 소저에게서 서판을 받아 염 관주에게 내밀었다.

서판의 목록을 살핀 염 관주는 두 눈을 깜박이며 물었다.

"침상은 왜 적으신 겁니까?"

양양무관에서는 그냥 벽돌을 쌓고 그 위에 널빤지를 올려 만든 침상을 쓰고 있었다.

당연히 편안하다거나 쾌적하다고 할 수는 없다.

"왜 그리 놀라십니까? 혹시 몸이 편안하면 수련을 게을리하게 된다는 그런 지론을 가지고 계십니까?"

내 말에 염 관주가 다급히 손을 내저었다.

"아닙니다! 아이들이 편안하게 지내면 저야 당연히 좋죠. 하지만 이 정도는 부담이 되어서……."

"이 정도는 저에게 부담이 아닙니다."

"네?"

"그리고 뭔가 오해하고 계신 듯합니다만, 그곳에 적은 것들은 전부 제가 사서 이곳에 놓을 물건들입니다."

"네에?"

염 관주는 깜짝 놀랐다.

하지만 이내 정색하는 표정으로 내게 물었다.

"어째서…… 입니까?"

"뭐가 말입니까?"

"어째서 저희 양양무관에 이런 은혜를 베푸시냐는 말입니다."

하긴, 솔직히 내가 봐도 도를 넘긴 했다.

염 관주의 눈에는 경계심이 가득했다.

"솔직히 소단주께서는 궁주님의 대리인일 뿐입니다. 그리고 궁주님이 이런 것을 지시하지는 않았을 겁니다.

그런데 어찌하여……."

지금까지 내게 대하신 것이나 방금의 말을 봐서는 사부님께서 내 신분에 대해 말씀하지 않으신 듯하다.

내 입으로 직접 밝히라는 의미겠지.

이제는 밝힐 때가 됐다.

그래야 나도 편할 테고.

"제 소개가 늦었군요."

"네?"

"설풍궁의 소궁주, 은서호가 염 관주께 인사드립니다."

"……."

내 말에 염 관주는 잠시 멍해져 있다가 눈을 휘둥그레 떴다.

"소, 소궁주님이요?"

"소궁주로서, 미래 궁도들의 편의를 추구하는 것이 잘못된 것이라고 생각하지 않습니다. 그리고 제게는 그럴 만한 재력도 있으니까요."

나는 미소 지으며 말했다.

"그래서, 말인데 이것들을 제가 마련해 드리면 폐가 될까요?"

"아, 아닙니다! 아닙니다!"

그제야 염 관주는 정신을 차린 듯 손사래를 쳤다.

"소궁주께서 그리하신다는데, 제가 어찌 만류하겠습니까? 다만…… 감사해서……."

그는 눈물을 글썽였다.

"괜찮다면 이 돈도 써 주십시오."

염 관주는 성 장주에게 받았다던 은자 서른 냥이 담긴 상자를 내밀었지만, 내가 부드럽게 거절했다.

"아닙니다. 그걸로는 아이들에게 맛있는 거라도 사 주세요. 아직 흉년은 끝나지 않았습니다."

"……알겠습니다."

"그리고 제가 소궁주기는 하지만, 아직 대외적으로 밝힐 수 있는 상황이 아니니 그냥 소단주라고 불러 주십시오."

"그리하겠습니다. 그나저나 소궁주시라니…… 솔직히 예상은 했습니다. 이곳 양양무관은 결코 외부인에게 보일 수 없는 곳 아니겠습니까? 그리고 이곳을 맡겼다는 건 궁주님께서 그만큼 신뢰한다는 의미니까요."

염 관주는 말을 이었다.

"힘든 길을 선택하셨지만, 그래도 감사할 따름입니다."

.

.

.

그렇게 염 관주와의 이야기를 마치고 청파루로 향했다.

오늘 오전부터 목수를 불러 가구를 의뢰하고 수리할 곳을 지시하는 등 열심히 움직였다.

그래도 피곤하지 않은 건 태음빙해신공이 대단한 걸까? 아니면 한계까지 몰아붙이는 사부님의 수련이 대단한 걸까?

“오늘 점심은 간단하게 만두로 대신 할까요?”

“저희는 상관없습니다.”

그리 대화를 나누며 청파루로 들어왔을 때, 한 남자가 나를 기다리고 있었다.

“소단주님!”

그는 차를 만드는 장인이다.

“아, 차가 완성되었습니까?”

내 물음에 그 장인은 내 앞에 납작 엎드렸다.

“송구합니다! 소단주님의 명을 이행할 수 없게 되었습니다.”

“네? 그게 무슨 말씀입니까?”

“그것이…….”

“재료의 문제입니까? 아니면 차를 만든 이의 문제입니까?”

내 말에 그는 깜짝 놀란 표정으로 나를 올려다보았다.

역시 내 짐작이 맞았구나.

“이미 알고 있었습니다. 월차를 만든 자가 그쪽이 아님을 말입니다.”

내가 마셨던 월차는 좀 특이한 향을 가지고 있었다.

그리고 차를 만드는 건 생각보다 오래 걸리며, 차에 냄새가 배는 것을 막기 위해 향품 등은 절대 바르지 않는다.

하여 차를 만드는 일을 하는 이들의 몸에서는 은은한

차향이 나기 마련.

만약 내 앞의 남자가 월차를 만든 장본인이라면 그 몸에는 월차의 향이 배어 있어야 마땅했다.

하지만 이 남자에게서는 월차의 향이 거의 나지 않았다.

게다가 내 이전 삶에서 이 월차에 대해 듣지 못했다는 것은, 널리 퍼지지 못했다는 뜻이다.

그런 미심쩍은 부분들이 있기에 월주를 만드는 이들과 달리 이자와는 따로 계약하지 않았다.

그는 입술을 깨물더니 머리를 박았다.

"주, 죽을죄를 지었습니다! 제가 감히 소단주님을 속였습니다."

"그래서, 뭐가 문제인 겁니까?"

그는 울먹이며 간절히 빌었다.

"제, 제 아들을…… 살려 주십시오."

"차근차근 자초지종을 설명하십시오. 그렇게만 말해서는 제가 이해할 수가 없습니다."

"소, 송구합니다."

그는 눈물을 그치고는 천천히 설명을 시작했다.

그에게는 올해 열일곱 살이 된 아들이 있다고 한다.

어느 날 그 아들이 월주를 만드는 곳에 놀러가서 뭔가를 유심히 봤던지 찻잎에 뭔가를 섞어서 아버지에게 시음해 보기를 청했다고 한다.

그게 바로 월차였다.

"그런데 그 월차의 재료가 되는 것을 구하기 위해 산에 갔다가 그만 뱀에 물렸는데…… 도무지 낫지를 않습니다."

아…….

월차를 만든 장인에게 뭔 일이 있기는 있었구나.

나는 그에게 말했다.

"지금 어디에 있습니까? 안내해 주십시오."

"아, 네!"

그는 자리에서 벌떡 일어났고, 우리는 그를 따라갔다.

후, 점심으로 간단히 만두라도 먹으려고 했는데…….

오늘도 일복이 터진 것 같다.

잠시 후, 우리는 한 건물에 도착했다.

일전에도 와 본 적이 있는 곳이다.

청파루의 기녀를 치료해 주었던 자미 의원 댁이다.

주루의 다제 장인인 만큼, 이곳이 단골 의원이겠지.

"어머! 여기는 어쩐 일이세요?"

그녀의 물음에 나는 내 옆의 남자를 가리키며 말했다.

"이 남자의 아들 일로 왔습니다."

"희록이 때문에 오셨군요."

아들의 이름이 희록이군.

"지금 상태가 어떻습니까?"

그녀가 어두운 표정으로 고개를 저었다.

"상당히 좋지 않아요. 지금 계속해서 약을 쓰고 있긴 하지만 좀처럼 열이 내리지 않네요. 좀 더 비싼 약을 써야 하는데……."

아, 그래서 나에게 매달렸군.

"그거 큰일이군요. 제가 좀 봐도 되겠습니까?"

"네. 물론이에요."

나는 그녀의 안내를 받아 한 방으로 들어갔다.

한 청년이 침상에 누워 열로 인해 호흡이 힘든지 가쁜 숨을 몰아쉬고 있었다.

약 냄새와 함께 느껴지는 이 향긋한 냄새는 분명히 월차의 향이다.

이 청년이 월차를 만드는 장인이 확실하군.

그사이 팔갑이 먼저 다가가 청년의 이마에 손을 대었다.

"윽! 엄청 뜨겁습니다요."

"우선 열을 내려야겠군요."

상당히 고열에 시달리는 중인 듯한데, 마침 내게는 적당한 방법이 있다.

그의 이마에 손을 올리고는 조금씩 냉기를 불어 넣었다.

그러자 서서히 열기가 진정되면서 호흡이 편안해졌다.

하지만 나는 여기서 멈추지 않았다.

내 기운이 청년의 몸 안에 있는 뱀독의 기운을 발견한 것이다.

그리고 태음빙해신공의 기운은 독기를 정화하는 데 아주 탁월한 효능이 있다.

사아아아.

뱀독이 저항했지만 소용없었다. 그렇게 뱀의 독은 사라졌다.

자미 의원은 그걸 알아차리고 놀랍다는 눈으로 나를 보았다.

음, 좀 쑥스럽네.

나는 손을 떼며 말했다.

"이제는 기력만 회복하면 될 듯합니다. 좀 괜찮아지면 저를 찾아오라고 해 주십시오."

그리고 다시 청파루로 돌아왔다.

"팔갑아. 배고프다."

"네, 얼른 만두 대령하겠습니다요."

나는 내가 치료해 준 희록이라는 청년을 떠올렸다.

그는 이전 삶에서 뱀에 물려 죽었음이 분명했다. 그러니 월차를 만드는 방법이 유실되어 알려지지 않은 거겠지.

며칠이 지났다.

그동안 가호루는 주루의 모습에서 벗어나 완전히 무관의 모습으로 탈바꿈했다.

이제 이사하는 일만 남았네.

그때 팔갑이 내 방으로 들어왔다.

"도련님, 손님이 왔습니다요."

"손님?"

"네. 전에 그 뱀에 물려서 죽을 뻔한 청년하고 그 아버지 말입니다요."

"아! 다 나왔나 보네. 일 층으로 내려갈게."

일 층으로 내려가자, 두 부자가 나를 보며 고개를 숙였다.

"소단주님을 뵙습니다."

"앉으십시오."

내 말에 그들은 조심스럽게 자리에 앉았다.

"이름이 어찌 됩니까?"

알고는 있지만, 그래도 본인의 입으로 나에게 소개하는 것을 듣고 싶었다.

"순희록이라고 합니다."

"저는 은해상단의 소단주, 은서호라고 합니다. 이리 만나서 반갑습니다."

"말씀 들었습니다. 저를 살려 주셨다고요."

나는 고개를 끄덕였다.

"이 은혜, 어찌 갚아야 할지 모르겠습니다. 아, 이번에 가실 때 제가 만든 월차를 가지고 가시고 싶다고 아버지께 들었습니다. 하여 이 차를 만들어 왔습니다."

"고맙습니다."

나는 그가 내민 상자를 열어 보았다. 상자 안에는 종이로 포장된 차가 들어 있었다.

"이 차를 마셔 봐도 되겠습니까?"

"물론입니다."

나는 점소이에게 차를 우릴 준비를 해 달라고 했고, 곧 점소이가 다기를 가지고 왔다.

나는 직접 차를 우려 마셔 보았다.

음…… 이 시원하고 청량한 느낌, 내가 마셨던 그 월차가 맞군.

“이 월차는, 본인이 직접 생각한 것입니까?”

“네. 그렇습니다.”

“이 차를 생산하는 비용은 얼마나 듭니까?”

“솔직히, 얼마 들지 않습니다. 사실 그 용정차는 오랫동안 팔지 못해서 향이 살짝 빠진 거라서요.”

서호는 용정차가 유명한 곳이다.

그래서인지 그냥 용정차는 심심하다고 생각했나 보다. 하여 용정차에 다른 뭔가를 섞어 마시곤 했다.

특히 유명한 것이 서호의 명물인, 용정차에 계화를 병배한 계화용정차이다.

“향이 살짝 빠진 차를 어떻게 해야 하나 고민하다가 월주 만드시는 것을 보고 만들어 본 겁니다.”

“그러면 월주와 비슷한 재료가 들어가는 겁니까?”

“네. 그 재료 몇 가지를 병배하여 만든 차입니다.”

그 말은 즉, 이 월차는 순료차가 아닌 계화용정차 같은 병배차라는 의미다.

병배차로 이런 깊이와 향취를 낼 수 있다니!

“아까 구명지은을 갚고 싶다고 했죠?”

“아, 네! 그렇습니다.”

"그럼 저와 계약합시다."

"네?"

나는 부드럽게 말했다.

"이렇게 좋은 차를 만들 수 있는 장인을 어찌 놓칠 수 있겠습니까?"

나는 곧바로 그에게 조건을 제시했다.

"어떻게 하시겠습니까?"

"솔직히 무급으로 일하라고 하셔도 일해야 하는 은혜를 입었습니다. 그런데, 그런 좋은 조건을 제시하시는데 제가 어찌 마다하겠습니까."

좋았어!

나는 탁자 밑으로 주먹을 꽉 쥐었다.

내 앞의 순희록은 내가 구명지은을 운운할 정도로 놓치고 싶지 않은 인재였으니까.

나는 서향 소저를 불러 곧바로 순희록과 계약서를 작성했다.

– 꾸이!

금령이 신이 나서 꾸이거리는 것을 보니, 돈 냄새를 맡았구나.

이곳에서 해야 할 일은 마무리했으니 이제 진짜 요녕으로 가야겠네.

.

.

.

다음 날.

나는 양양무관으로 향했다.

무관의 관생들은 이사 준비에 여념이 없었다. 그래도 좋은 곳으로 이사를 한다는 것 때문인지 그 얼굴에는 설렘이 가득했다.

"오셨습니까?"

그때 내가 왔다는 것을 전해 들었는지, 염 관주가 나와서 나를 맞이했다.

"바쁘신데 죄송합니다."

"아닙니다. 어쩐 일이십니까?

"이사 준비는 잘 되어 가고 있습니까?"

내 물음에 그는 고개를 끄덕였다.

"네, 차질 없이 진행 중입니다."

그 표정을 보니, 정말 아무 문제없이 진행되고 있음을 알 수 있었다.

"다행이군요. 그러면 정식 입주는 언제입니까?"

"내일모레쯤으로 보고 있습니다. 그리고…… 소단주님께 부탁이 있습니다."

"제게 말입니까?"

내 물음에 그는 고개를 끄덕였다.

"지금까지 저희가 쓰던 현판은 새 건물에 걸어 놓기에는 너무 작습니다. 하여 새로 현판을 만들려고 하는데, 그 현판에 글씨를 적어 주셨으면 합니다."

하긴 내가 생각해 봐도 지금 현판은 팔 층짜리 건물에

걸어 놓기에는 좀 작았다.

팔 층짜리 건물이면 보통 삼 층 정도 높이에 현판을 달아 놓는데, 그럼 무슨 글자가 적혀 있는지 보이지도 않을걸?

하지만 내 의문은 그런 게 아니라, 그 현판에 글자를 쓰는 것을 왜 내게 부탁하냐는 거다.

보통 이런 건물의 현판을 쓰는 것은 명필로 유명한 사람이나 의미가 있는 사람에게 부탁하는 경우가 많다.

하지만 나는 명필도 아니고, 특별한 의미가 있는 사람도 아니지 않나.

"제가 말입니까? 어째서입니까? 사부님께 부탁드리거나 아니면 다른 누군가에게 부탁드리지 않고요?"

"우선 궁주님에게 부탁하기 위해서는 궁주님을 불러야 하는데 어느 세월에 와서 현판을 쓰겠습니까?"

염 관주는 말을 이었다.

"그리고 소궁주께서는 저희 양양무관에 있어 큰 은인이시니, 이를 부탁드리고 싶은 겁니다."

"제가 뭘 했다고 큰 은인입니까?"

내 말에 염 관주는 한숨을 내쉬더니 정색하며 말했다.

"소단주님."

"네?"

"가슴에 손을 올리고 생각해 보십시오. 저희 양양무관을 위해 해 주신 일들을요."

"……."

나는 목덜미를 긁적였다.

"사부님께서 언짢아하시지 않을까요?"

"궁주님 아니, 명현이도 제 뜻에 동의할 겁니다."

"알겠습니다. 어디에 쓰면 됩니까?"

"잘 생각하셨습니다. 진즉에 그러셨어야죠. 하하하."

염 관주는 곧 옆에 준비해 놓았던 종이를 가지고 왔다.

현판에 글씨를 쓴다면서 왜 종이에 글씨를 쓰냐고 할 수 있는데, 이는 나무에 새길 글자를 쓰는 것이다.

현판 그 자체에 글씨를 쓰기도 하지만, 이는 오래가지 못한다.

해서 오래가게 하려면, 종이에 쓴 글자를 각자장이 나무에 새기는 식으로 해야 한다.

나는 장포를 벗어 팔갑에게 주고, 붓을 들었다.

호흡을 가다듬고 붓에 먹물을 묻힌 후 글자를 써 내려가기 시작했다.

이제 이 글자를 바탕으로 각자장이 현판에 글자를 새길 것이다.

당연히 현판에 새겨질 때는 이것보다 훨씬 확대해서 새겨질 거고.

"되었습니까?"

내 물음에 염 관주는 만족스럽게 고개를 끄덕이더니, 한마디를 덧붙였다,

"옆에 소단주님의 이름과 인장도 남기셔야지 않겠습니까?"

"음…… 꼭 그래야 합니……."
"소단주님."
"네."
나는 다시 붓을 움직여 그 옆에 내 이름을 쓰고 인장을 찍었다.
물론 사업상의 인장은 아니다.

그렇게 현판 쓰는 일을 마무리하고, 나는 여기에 온 본론을 꺼냈다.
"이제 저는 슬슬 떠날 생각입니다."
"이렇게 빨리 말입니까?"
"저도 좀 더 머물고 싶지만, 제 가장 친한 친우의 혼인이 있습니다. 제가 가지 않으면 무척 서운해할 겁니다."
"어쩔 수 없군요. 그러면 언제 출발하실 생각입니까?"
"사흘이나 나흘 뒤에 떠날 생각입니다."
"다행입니다. 그러면 저희 양양무관이 이사하는 것은 보실 수 있겠군요."
염 관주가 잠시 생각하다가 물었다.
"그나저나 이곳은 어찌하실 생각입니까?"
"이곳을 어찌하다니요?"
"이곳은 그리 입지가 나쁜 곳이 아니지 않습니까. 그렇다면 저희가 옮긴 후에 이곳을……."
나는 염 관주를 제지하며 물었다.
"아니, 그걸 왜 제게 묻습니까?"

"그야 이곳은 소단주께서 구해 주신 곳이고……."

"이곳의 소유권은 제가 아닌 관주님과 양양무관에 있습니다. 그러니 편하신 대로 처리하시면 됩니다. 제 의견을 물으실 필요는 없습니다."

나는 미소 지으며 말했다.

"그럼 저는 이만 가 보겠습니다."

.

.

.

떠날 날짜를 정한 나는 서둘러 움직이기 시작했다.

내가 인수한 사업체들의 관리라는 건 생각보다 신경 써야 할 부분이 많았기 때문이다.

특히 내가 신경 쓴 부분은 기녀들의 처우에 대한 문제다.

의원들이 기녀들을 치료해 주지 않는다는 점이 꽤 충격이었기 때문이다.

하여 그 의원들의 인식을 어떻게 바꿔야 하나 고민하다가, 이내 그 생각을 접었다.

굳이 그들의 생각을 내가 나서서 바꿀 필요가 없으니까.

나는 자미 의원을 찾아갔다.

"바쁘십니까?"

"아! 소단주님 오셨네요? 어쩐 일이신가요?"

"말씀드릴 것이 있어서 왔습니다."

내 말에 그녀는 손에 든 것을 내려놓으며 말했다.
"지금 차를 대접할 틈이 없어서…… 이해 부탁드려요."
"그런 거 이해 못 하면 안 되죠."
"감사합니다. 그런데 무슨 일이시죠?"
"며칠 뒤에 항주를 떠날 예정입니다."
"아, 그러시군요. 언젠가 떠나셔야 한다는 건 알고 있었지만, 이렇게 빨리 떠나시니 좀 아쉽네요."
그녀의 말에 나는 웃었다.
"제가 떠난 후 제가 인수한 사업체들에 일하는 기녀들이 걱정되어서요. 제가 인수한 사업체의 기녀들은 앞으로도 돈을 받지 말고 치료해 주시면 감사하겠습니다. 그 대가는 제가 따로 지불하겠습니다."
"알겠습니다."
자미 의원은 흔쾌히 승낙했다.
"혹시 전장은 이용하십니까?"
"네. 금산전장을 이용하고 있어요."
나는 씩 웃으며 말했다.
"그렇다면 금산전장을 통해 매년 금자 열 냥씩을 보내드리겠습니다."
"네? 그, 그렇게나 마, 많이요?"
그녀는 깜짝 놀라 말을 더듬었다.
그도 그럴 것이 금자라는 건 일반 사람들이 평생 가도 구경하지 못할 거금이니까.
내가 전에 그녀에게 금자를 줬을 때 태연한 척했지만

손을 가늘게 떨었지.

"생각하신 것보다 많이 드리는 이유가 있습니다. 앞으로 회진을 부탁드리려고 합니다."

내가 자미 의원에게 금자를 주며 기녀들을 무료로 치료해 달라고 했고, 그 소문이 퍼지기는 했다.

그럼에도 생각보다 기녀들이 치료를 위해 많이 오지 않았는데, 이는 이유가 있었다.

기녀에게 병이 있다는 소문이 나면 손님들이 찾지 않기 때문이다.

그래서 돈이 풍족했던 당시에도 병이 깊어질 대로 깊어져서야 의원을 찾았다고 했다.

하지만 내가 그 사업체들의 주인이 된 이상 방치할 수 없는 일이다.

내가 알게 된 이상, 최선의 방법을 찾아 줘야지.

"제가 인수한 사업체를 주기적으로 돌며 기녀들을 살펴봐 주십시오."

"좋은 생각이네요. 초기에 발견하면 고칠 수 있는 병을 늦게 발견하는 것만큼 안타까운 일도 없으니까요."

"감사합니다."

나는 미소 지으며 말을 이었다.

"그리고 제자를 들이십시오."

"제자를요?"

내 말에 잠시 생각하던 그녀는 고개를 끄덕였다.

"저 혼자서는 체력이 부칠 테니, 좋은 생각이네요. 그런데…… 소단주께서 인수한 사업체의 기녀들은 무료로 진료를 해 준다지만 다른 기녀들은요? 지금까지는 모두 무료로 진료해 주었잖아요."

"맞습니다. 솔직히 제 사업체의 기녀들이 아니니 굳이 그 혜택을 베풀 필요는 없지만, 그래도 그녀들의 사정이 있으니 그녀들이 의원님을 찾아오면 무료로 진료해 주십시오."

"하지만, 그녀들도 그녀들의 고용주가 있는데……."

"그들이 그녀들의 처우를 생각해 주었다면 지금의 상황이겠습니까?"

"하긴, 그렇긴 하네요."

내가 이 항주의 기녀들에게 무료 진료라는 혜택을 베푸는 건, 측은지심도 있지만 그게 전부는 아니다.

지금이야 항주의 돈이 말라서 기녀들도 가난해졌지만, 금주령이 풀려서 항주가 번성하기 시작하면 내 투자가 진가를 발휘할 것이다.

"그럼 앞으로 잘 부탁드립니다."

"최선을 다할게요."

.

.

.

그렇게 며칠이 흘렀고, 어느새 양양무관의 이사 날이 되었다.

사실 그동안 굵직한 짐들은 대부분 옮겨 놓았으니 이사

날이라는 건 현판을 달고 제를 지내는 것을 의미했다.
흉년 때문에 가장 힘든 곳 중 한 곳이 바로 항주다.
이런 상황에서 연회를 여는 것은 쓸데없는 낭비인 데다가, 욕을 먹을 수도 있는 일.
게다가 들인 돈에 비해 효과도 별로 없다.
이사를 하거나 뭔가 큰 일이 있을 때 사람들을 모으는 건 귀신이 시끄럽고 사람 많은 것을 싫어한다고 하여 귀신을 쫓아내기 위함이라고 하기도 한다.
하지만 내가 볼 때는 앞으로 잘 부탁한다는 의미가 크다고 생각한다.
하여 논의 끝에 참석한 이들에게 적당한 식량을 나누어 주기로 했다.
나는 새로운 양양무관으로 향했다.
내가 도착하자 제자들이 나서서 나를 반겼다.
"어서 오십시오."
"관주님께서는 지금 다른 분들과 이야기 중이십니다."
"아, 지역의 유지들과 담소 중이신가 봅니다."
"네."
그렇다면 좀 기다릴까?
그리 생각할 때 제자가 말했다.
"들어가시지요. 기다리고 계십니다."
내가 고개를 갸웃하자, 다른 제자가 웃으며 말했다.
"관주님께서 모셔 오라고 하셨습니다."
"제가 그 자리에 참석할 이유가 없지 않습니까?"

"왜 없습니까? 서호 주변의 사업장의 반을 가지고 계신 분인데."

아…….

자각하지 못하고 있었는데, 나도 유지였다.

그것도 상당한 영향력이 있는.

나는 접빈실 안으로 들어갔다.

"죄송합니다. 좀 늦었습니다."

"아닙니다. 바쁘신 분인데 이해해야죠. 하하하."

안에 모인 이들 중에는 나에게 사업체를 넘긴 이들도 상당수였다.

그 말은 즉, 얼굴을 아는 자들도 많다는 의미다.

그렇게 우리는 화기애애한 분위기로 대화를 나누었다.

잠시 후.

우리는 접빈실을 나왔고 단상 앞에 따로 마련된 의자에 앉았다.

"지금부터 양양무관의 현판 현수를 시작하겠습니다."

먼저 염 관주가 나와 제를 지냈다.

"그럼 이제 양양무관의 새로운 현판을 현수하겠습니다."

그 말이 끝나자 커다란 현판이 밧줄에 묶인 채 올려지기 시작했다.

사 층에서 제자들이 밧줄을 이용해 현판을 들어 올리는 듯했다.

그리고 삼 층에서는 현판을 고정할 장인들이 기다리고

있었다.
"허어차! 허어차!"
여러 명의 제자가 밧줄을 당기는 것을 보니 현판의 무게를 짐작할 수 있었다.
그때였다.
슥,
누군가 내 소매를 당겼고, 고개를 돌아보자 서향 소저였다.
"왜 그러십니까?"
"방금 봤어요. 밧줄이 끊어지면서 저 현판이…… 떨어져서 여러 사람이 다칠 거예요."
"……!"
나는 잠시 놀랐지만, 곧바로 서우 무사와 진유 무사에게 전음을 보냈다.
투둑.
다행히 두 무사가 움직인 후, 일이 벌어졌다.
현판을 당기던 밧줄이 그 무게 때문인지, 마찰 때문인지 끊어지고 만 것이다.
하필이면 삼 층에 다다라서 그런 일이 벌어졌다.
"으악!"
"피, 피해라!"
현판 아래쪽에 있던 이들 사이에 아비규환이 벌어졌다.
하지만 나는 걱정하지 않았다.

탓!

타앗!

두 무사가 미리 움직이고 있었기 때문이다.

함께 합을 맞춰 온 세월이 무색하지 않다는 듯, 그들은 균형을 맞춰 현판을 받아 냈다.

그리고 삼 층의 누각 쪽으로 올라가 버티고 섰다.

"이제, 이 현판을 고정하십시오."

"저희가 잡고 있겠습니다."

"아, 네, 네."

놀라서 얼이 빠져 있던 장인들은 얼른 정신을 차리고 현판을 고정하기 시작했다.

"사, 살았다!"

두 무사의 활약에 사람들은 환호성을 질렀다.

나는 그 환호성을 들으며 서향 소저에게 말했다.

"알려 주셔서 감사합니다."

"정말 다행이에요."

그렇게 현판은 무사히 고정되었고, 두 무사는 나에게 돌아왔다.

"고생하셨습니다."

"아닙니다. 그리 말씀하지 않으셔도 됩니다."

"주군께서 쓰신 현판이 땅에 떨어져 사람들이 다치는 건 저희로서도 용납할 수 없는 일입니다."

"그러니까요. 그렇게 되지 않도록 해 주셔서 감사하다는 거예요."

그리 말하며 현판으로 눈을 돌렸다.

내 글씨가 새겨진 현판을 보니, 나도 모르게 가슴이 뛰었다.

모든 의식이 끝나고, 축하해 주기 위해 온 이들은 선물에 만족스러워했다.

간혹 하나 더 받으려고 꼼수를 쓰는 이들도 있었지만, 서우 무사와 진유 무사가 나서자 이내 꼬리를 말고 사라졌다.

하긴 그들의 활약을 지켜봤으니, 괜히 문제를 일으켰다가는 큰일 날 거라는 걸 아는 거겠지.

슬슬 날이 저물기 시작하고, 사람들로 북적이던 양양무관이 조용해져 갔다.

나는 천천히 양양무관을 돌아보았다.

"상상도 못 했습니다."

그때 들리는 목소리.

고개를 돌리자, 염 관주가 내게 다가오고 있었다.

"저녁은 드셨습니까?"

"안 먹어도 든든합니다."

그 말에 나는 웃었다.

"그나저나 정말 상상도 못 했을 일입니다. 이 부지를 되찾았을 뿐만 아니라 이곳에 팔 층 건물이라니 말입니다."

그리 말한 염 관주는 나에게 포권했다.

"이제야 정식으로 감사 인사를 드리는군요. 정말 감사합니다. 양양무관에 베풀어 주신 은혜, 잊지 않을 것입니다."

"아닙니다. 저는 그저 해야 할 일을 했을 뿐입니다."

"그리 말씀하실 줄 알았습니다."

우리는 서로를 보며 환하게 웃었다.

그리고 양양무관의 현판을 바라보았다.

이제, 양양무관의 새로운 시작이다.

94장. 혼인 선물

혼인 선물

항주를 떠나기 전날 밤.

금령이가 돌아왔다.

이번에는 무려 세 군데나 다녀왔다.

우선 북해빙궁과 사부님께 양양무관의 이사에 대해 알려 드렸고, 아버지께는 성공적으로 사업체들을 인수했고, 북경과 요녕에 다녀오겠다는 서신을 전했다.

"꾸이! 꾸이!"

그래그래, 수고했어.

서탁 위에 앉아 금령은 앞발로 서탁을 탁탁 쳤다.

열심히 심부름을 했으니 돈을 달라는 거다.

나는 은자 세 개를 꺼내 금령에게 내밀었다.

"자, 심부름 값."

"꾸이이!"

은자를 보자마자 좌로 뒹굴, 우로 뒹굴하는 것을 보니…… 정말 좋은가 보네.

금령이 도도도 달려와 은자를 먹는 것을 보며 피식 웃었다.

다음 날 아침.

우리는 새벽같이 길을 나섰다.

우리가 인수한 사업체의 고용인들은 무척 아쉬워했다.

하지만 언제까지나 이곳에 머무를 순 없는 일이니까.

그렇게 항주를 뒤로하고 길을 떠났다.

.

.

.

"이곳은 덥지 않습니다요."

팔갑의 말에 나는 고개를 끄덕였다.

우리는 어느덧 요녕 초입에 도착했고, 확연하게 날씨가 달라졌다는 것을 체감할 수 있었다.

지금은 칠월.

호북이나 항주라면 땀을 흘리고 있어야 할 시기지만, 이곳 요녕은 선선하기만 했다.

"그러니 혼인을 이 시기에 하는 거겠지."

그런 이야기를 나누며 우리는 계속 말을 달렸다.

일행 중에 서향 소저만 북경 지부에 남았다.

이번 일은 내 개인적인 일인 만큼 서향 소저가 수고해

주지 않아도 되니까.

그리고 요녕까지의 여정이 꽤 고되기도 하고, 북경 지부에서 해야 할 일이 많기도 하고.

이번 항주에서 인수한 사업체들에 대한 서류를 정리하는 일이라든가.

그렇게 말을 달리다 보니 한 객잔에 도착했다.

"오늘은 이곳에서 쉬어가겠습니다."

내 말에 모두 고개를 끄덕였다.

우리가 객잔 입구로 다가가자 점소이가 달려왔다.

"어서 오세요! 저, 혹시…… 주무시고 가실 생각이신가요?"

그 물음에 내가 고개를 끄덕였다.

"네. 하룻밤 묵고 갈 생각입니다."

내 말에 점소이가 난처한 표정으로 고개를 숙였다.

"죄송합니다만, 오늘은 방이 없습니다."

"방이…… 없습니까?"

"네. 요녕에서 제법 큰 상단 소단주의 혼인이 있거든요. 그래서 평소에 비해 손님이 엄청 많습니다."

아무리 그래도 팔 층이나 되는 이 큰 객잔에 방이 없을 정도라니.

새삼 요녕에서 광준상단의 위세를 깨달을 수 있었다.

그렇다면 어쩔 수 없지.

"그럼 식사는 가능합니까?"

"예. 식사는 가능합니다."

점심을 먹을 시간이 한참 지나서 자리가 있는 듯했다.
"그럼 식사만 하고 가도록 하겠습니다."
우리는 객잔 안으로 들어갔고, 음식을 주문했다.
"오늘은 꼼짝없이 노숙을 해야겠네요."
내 말에 서우 무사가 고개를 끄덕였다.
"그래야겠군요."
"그나저나 역시 광준상단입니다요."
"백대상단 중에 하나니까. 요녕에서는 손꼽히는 상단이기도 하고."
그리고 흉년에 민란이 겹쳐 사정이 여의치 않은 탓에 이 정도지, 그게 아니었다면 손님들이 이보다 더 많았을지도 모른다.

그렇게 식사를 마친 우리는 객잔을 나섰다. 노숙할 장소를 잡기 위해서는 서둘러야 했기 때문이다.
그때였다.
위에서 뭔가가 떨어지는 것 같은 감각이 느껴졌다.
놀란 나는 얼른 고개를 들어 올렸고, 한 아이와 눈이 마주쳤다.
어? 아이?
아이가 왜…….
하지만 그 생각을 더 이어 갈 틈이 없었고, 곧바로 몸을 날려 그 아이를 받았다.
척!

"후우……."

나는 가슴을 쓸어내렸고, 내 품에 안긴 아이도 무척 놀랐는지 울음을 터트렸다.

"으아아앙!"

우는 것을 보니, 그나마 다행이다.

아이가 무척 놀랐을 때 울지도 않고 얼굴이 파래지면 그거 정말 큰일이거든.

"이제 그만 울자. 너무 울면 목이 아플 거야."

자지러지게 울던 아이는 내 얼굴을 보자 울음을 뚝 그쳤다.

그리고 나를 빤히 바라보았다.

뭔가 놀란 얼굴.

그러더니…… 배시시 웃었다.

내 옆에서 팔갑이 중얼거렸다.

"아기들도 얼굴을 밝히는 더러운 세상."

"응? 뭐라고?"

"아무것도 아닙니다요."

그러고 보니 건혁이와 보연이도 이랬던 것 같은데?

그때 누군가 우리에게 달려왔다.

"당신들! 당신들이 뭔데 내 조카를 데리고 있는 겁니까?"

"네?"

"사실대로 말하시오! 내 조카를 어디로 데려가려고 그러는 것이오?"

갑자기 뭐라는 거야?

"내 조카를 납치하려고 하는 것이오?"

점입가경으로 그는 칼까지 뽑아 겨누었다.

내가 어처구니없어하는 사이, 우리 옆에 있던 한 남자가 손을 들며 나섰다.

"무슨 사정인지는 모르겠지만, 단단히 오해하고 있는 것 같습니다. 저분은 당신의 조카를 구해 준 은인인데 말이오."

다른 이들도 고개를 끄덕여 동의했다.

"나도 봤네. 저 위에서 아이가 떨어지는 것을 여기 대협이 받았지."

"이 대협이 아니었다면, 이 아이는 이 세상 사람이 아닐 가능성이 크네."

"감사 인사를 하지는 못할망정, 이게 무슨…… 쯧쯧."

사람들의 반응에 젊은 남자는 머쓱한 표정으로 칼을 거두며 물었다.

"저분들의 말이 사실입니까?"

"네. 사실입니다."

나는 말을 이었다.

"객잔을 나서려는데, 이 아이가 떨어지더군요. 아무래도 객실에서 놀다가 창문을 통해 떨어진 듯합니다."

"어……."

내 설명에 그 남자는 머리가 멍해진 듯, 말을 제대로 잇지 못했다.

그때 한 여인이 사색이 된 얼굴로 우리에게 달려왔다.
"경이야!"
그 목소리에 아이가 반응했다. 그쪽으로 고개를 돌리더니 두 손을 내민 것.
"마! 마!"
나는 아이를 그녀에게 건네주었다.
"여기, 받으십시오."
"감사합니다! 정말 감사합니다."
아이를 품에 꼭 안은 그녀는 연신 나에게 고개를 숙이며 감사를 표했다.
"아이가 무사해서 정말 다행입니다."
"이 은혜를 어찌 갚아야 할지……."
"그저 인연이 닿았다고 생각하시면 됩니다. 그러니 너무 부담 가지지 마십시오."
"하지만……."
"그저, 아이가 커서 저처럼 누군가를 도울 수 있는 사람이 된다면 그게 보답이 될 듯합니다."
나는 그리 말하며 몸을 돌렸다. 그사이 팔갑은 말을 준비해 놓고 있었다.
우리는 말에 올라탔고, 객잔을 뒤로하고 달렸다.
그런데, 아까 그 아이의 어머니의 옷을 보니 제법 잘사는 집안 같긴 했는데…….
뭐, 지금은 그게 중요한 게 아니지.
당장 노숙할 곳을 찾는 게 우선이니까.

"전에 노숙하던 그곳으로 갈까요?"

그곳이라면 북해빙궁으로 식량을 가지고 갈 때 머물렀던 곳을 말하는 거겠지.

나는 선선히 고개를 끄덕였다.

"그게 좋겠습니다."

다행히 그곳은 비어 있었다.

우리는 서둘러 노숙할 준비를 했고, 피곤한 몸을 뉘였다.

오늘도 꽤나 피곤한 하루였군.

.

.

.

아침이 되었다.

푹 자고 일어난 나는 기지개를 켜며 자리에서 일어났다.

수많은 곳을 돌아다니다 보니 이제 바닥이 불편한 것쯤은 별 신경 쓰지 않는 경지에 이르렀다.

"일어나셨습니까?"

고개를 돌려 보니 명종 무사가 내게 다가오고 있었다.

"네. 마지막 불침번을 서셨군요."

"그렇습니다. 여 무사님은 주변을 둘러보고 오신다고 합니다."

"그렇군요. 그러면 저는 운기조식을 할 테니, 호법 좀 부탁드립니다."

"네."
나는 그 자리에 앉아 운기조식을 시작했다.
차갑고도 정순한 기운이 내 몸 안을 가득 채웠다. 그렇게 운기조식을 마친 나는 자리에서 일어났다.
그리고 수련을 시작했다.
가볍게 팔굽혀 펴기부터 시작해서…….
그렇게 수련을 하고 있는데 명종 무사가 나를 바라보는 시선이 이전과는 좀 달랐다.
그건 나를 호위한다는 느낌보다는…… 존경심이나 경외심에 가까운 느낌이었다.
음, 좀 신경 쓰이네.
나는 수련을 잠시 멈추고 명종 무사에게 물었다.
"하실 말씀이라도 있습니까?"
"아, 아닙니다. 신경 쓰이게 해서 송구합니다."
그는 다급히 고개를 흔들며 부정했다.
하지만 나는 그냥 넘어가지 않고 그를 지그시 바라보았다.
그는 내 눈빛의 압박을 이기지 못하고 귀밑을 긁적이며 말했다.
"사실, 대단하다고 생각했습니다."
"제가 말입니까?"
"네."
그는 고개를 끄덕였다.
"그 경지에 이르면 좀 수련을 게을리할 법한데, 주군께서는 여전히 누구보다 수련을 열심히 하시니 말입니다."

"다른 이들은 잘 모르겠지만, 저는 이 정도로 수련하지 않으면 영 개운하지가 않습니다."

나는 그리 말하며 수건으로 땀을 닦았다.

내 체질 때문인지 무공 때문인지 웬만해서는 땀이 나지 않았다.

그럼에도 땀이 난다는 건 내 수련의 강도 때문이겠지.

땀이 날 정도로 수련을 해야 좀 개운하기도 하고.

이건 사부님 때문이다.

그리고 내가 이렇게 수련을 열심히 하는 것은 내 목표가 까마득히 높고 어렵기 때문이다.

무림맹에 복수하고 가족들을 지키기 위해서는 지금보다 훨씬 더 높은 경지에 올라야 한다.

내 말에 명종 무사가 감탄했다.

"역시, 주군께서 그 경지가 되신 건 우연이라든지 운이 좋아서만은 아닌 듯합니다. 어쩌면 당연한 것이었을지도 모르겠습니다."

"하하하. 그런가요? 잘은 모르겠지만 운이라는 건 그 운을 받아들이는 자에 따라서 행운이 될 수도 있고 불운이 될 수 있다고 생각합니다. 그래서 저에게 다가오는 운이 행운이 될 수 있도록 노력하는 거죠."

내 말에 명종 무사가 고개를 숙이며 말했다.

"말씀을 듣고 생각해 보니, 제가 어느 순간부터 오만했던 것 같습니다. 화산파에서도 항상 주목받았었기에……."

무슨 뜻인지 알 것 같다.

화산파든 어디든, 무림문파에서 가장 중요하게 여기는 건 바로 무공 실력이다.

당연히 실력이 좋으면 그만큼 대우도 좋고, 누리는 것도 많아진다.

명종 무사는 화산파의 기대를 한 몸에 받았던 인재다. 창운 무사도 명종 무사와 별반 다르지 않았을 테지.

"그 오만함이 없었다면, 그래도 조금이라도 더 수련을 했었다면……."

그의 말에서는 깊은 후회가 묻어 나왔다.

아직 그 일을 털어 내지 못했구나.

하긴, 나 같아도 쉽게 털어 내지 못하겠지.

하지만 그게 심마가 되면 곤란하다.

"그런 말이 있습니다. 지금 나의 후회를 과거의 내가 알았다면 지금의 나는 없었을 거라고요. 무슨 의미라고 생각하십니까?"

그는 잠시 생각하다가 고개를 저었다.

"과거에 내가 무슨 잘못을 했든, 내가 지금 무슨 후회를 하든 그것들은 모두 지금의 나를 만든 것이라는 의미입니다."

명종 무사는 고개를 주억였고, 나는 말을 이었다.

"저도 아직 살아온 시간이 짧기에 제 말이 무조건 맞다고 할 수는 없습니다. 하지만 명종 무사님께서 과거의 일로 너무 괴로워하지 않았으면 합니다. 이미 일어난 일은 후회한다고 해서 되돌릴 수 없으니까요."

나처럼 천재일우의 기회를 만나지 않는 한 말이지.

그런 기회를 내가 만나긴 했지만, 정말 어려운 일이다.

그리고 그런 기회를 만나도 후회를 되돌리는 일은 정말이지…… 너무 너무 어렵다.

나의 가장 큰 후회였던, 내가 죽던 그날의 일을 되돌리는 건…….

나는 쓴웃음을 지으며 말을 이었다.

"가끔 나무는 가만히 서 있었을 뿐인데 바람이 나뭇가지를 거세게 흔들 때도 있죠. 그렇다고 나무가 바람을 어찌하겠습니까?"

"그렇긴 합니다."

"그러니까 그 일에 너무 마음 쓰지 않으셨으면 합니다. 세상에는 어쩔 수 없는 일들도 많으니까요. 그러니 긍정적으로 생각해야 합니다. 이를테면, 그 일로 인해 단전을 폐하지 않아서 다행이라든가."

내 말에 명종 무사는 손으로 자신의 단전이 있는 부분을 쓰다듬으며 고개를 끄덕였다.

"그건, 맞습니다. 만약 그랬다면 저는……."

이전 삶의 기억 때문에 나는 다시금 쓴웃음을 지을 수밖에 없었다.

"사실, 저도 언제까지나 명종 무사님과 창운 무사님을 제 호위로 둘 생각은 없습니다. 언젠가는 본문으로 돌아가실 테니까요."

"그게, 가능한 일입니까?"

"그리 되물으시는 것을 보니, 아직 제가 믿음을 드리지 못했나 보군요."

"아, 아닙니다! 그게 아니라……."

당황한 표정.

나는 피식 웃으며 말을 이었다.

"마침 여응암 무사님이 오시는군요. 딴생각이 들 땐 빡세게 수련하는 것이 최고죠. 어떻게, 함께 하시겠습니까?"

내 물음에 명종 무사의 눈동자가 흔들린 건 내 착각일까?

.

.

.

아침 수련을 마무리하고 팔갑이 준비한 아침을 먹은 후, 우리는 자리를 정리하고 다시 길을 떠났다.

그리고 부지런히 말을 달린 덕분에 해가 질 때쯤에 광준상단에 도착했다.

이미 상단의 정문에는 방문객들이 줄을 서서 기다리고 있었다.

우리 역시 줄을 서서 기다리고 있었는데, 갑자기 누군가가 후다닥 달려왔다.

"아니, 은서호 소단주님 아니십니까?"

"어……."

오랜만에 보는 얼굴이다.

행화학당에서 공부하고 있는, 복윤 소단주의 동생인 복영 공자다.

"오랜만입니다."

"네, 오랜만에 뵙습니다. 그런데 왜 여기에 줄을 서 계십니까?"

"그야 저희도 손님이니까요."

내 말에 복영 공자가 아차 하는 표정을 지었다.

"이런. 형님께서 자세한 설명을 하지 않으신 모양이군요. 저도 북경에서 수학하며 그 풍습이 저희 가문에만 있다는 것을 알게 되었으니까요."

"그게 무슨 말씀입니까?"

"형님께 직접 청첩장을 받으셨지 않습니까?"

"아, 네. 그랬습니다."

"그리고 그 청첩장이 무척 화려했죠?"

"네."

내가 고개를 끄덕이자, 그가 웃으며 설명했다.

"그건 형님의 혼례 때, 소단주님께서 형님의 진우로 참석해 달라는 의미입니다."

진우(眞友)?

복영 공자는 내 의문에 답하지 않고, 내 손을 잡아끌었다.

"자세한 이야기는 안에 들어가서 하시지요."

그렇게 복영 공자에게 끌려 들어가던 중, 한 문지기가

곤란한 표정으로 복영 공자에게 말했다.

“공자님, 반가운 분이신 건 압니다만 그래도 질서는 지켜 주셔야…….”

안 그래도 우리가 줄을 제치고 들어가려고 하자, 불만 섞인 눈빛이 날아들었거든.

하지만 복영 공자는 당당하게 말했다.

“이분은 형님의 진우이십니다.”

“……!”

그 말에 문지기들의 눈빛이 대번 바뀌더니, 나를 향해 깊이 고개를 숙이며 포권했다.

“소단주님의 진우 님을 뵙습니다!”

“실례가 많았습니다. 어서 안으로 드시지요.”

그리고 방금까지만 해도 나를 향해 따가운 눈빛을 보내던 이들 중에 몇몇이 고개를 끄덕였다.

아니, 대체 진우가 뭐길래…….

그렇게 나는 안으로 들어갔는데, 복영 공자가 나를 내처까지 데리고 갔다.

“여긴 내처가 아닙니까?”

“맞습니다. 진우에게는 내처의 처소가 주어집니다.”

처음 들어오는 내처.

그곳은 참으로 안락하게 잘 꾸며져 있었고, 정원 역시 아름다웠다.

심지어 내 처소는 그 정원이 바로 앞에 보이는 곳이었다.

"이런 좋은 처소를 주시니, 감사합니다."

"별말씀을요. 형님의 진우께 당연한 대접입니다."

"그 진우 말입니다. 대체 그게 뭡니까?"

내 물음에 복영 공자가 웃으며 말했다.

"아, 그게 많이 궁금하셨겠군요."

그제야 나는 제대로 된 설명을 들을 수 있었다.

"진우라는 건 말 그대로 진실한 친우라는 의미인데 저희 가문에서는 그게 좀 더 강합니다. 자신에게 무슨 일이 생겼을 때, 처자식을 건사해 줄 사람이라는 의미입니다."

그는 말을 이었다.

"여기에는 재산까지 포함됩니다."

"네?"

나는 깜짝 놀라 반문했다.

다른 이들과 관계를 맺을 때 오랜 친우인 노붕우(老朋友)를 넘어선 의형제(義兄弟)라고 해도 타인인 이상 서로의 재산에는 손을 대지 못한다.

그런데 재산까지 맡긴다니…….

돈을 목숨처럼 생각하는 상인들에게 있어서 그건 최상의 신뢰를 뜻한다.

"엄청 대단한 거였군요."

"물론입니다. 저희 가문에서는 혼인할 때 단 한 명의 진우를 선택할 수 있습니다. 그리고 화려한 붉은색 청첩장을 주며 초대하고 그 초대에 응하면 진우가 되어 주겠다는 허락의 의미로 간주합니다."

그 말에 나는 고개를 갸웃했다.

"붉은색 청첩장이요? 보통은 청첩장은 붉은색 아닙니까?"

"아닙니다. 요녕 지역에서는 보통 눈에 잘 띄지 않는 황색을 씁니다."

아…….

이제야 기억났다.

"아시다시피 이곳 요녕 쪽은 화적떼들이 많이 활동하는 곳입니다."

"그렇지요."

"지금은 몇몇 고수들이 저들을 압박하고 있기에 이쪽으로는 내려올 엄두를 내지 못하고 있지만, 예전에는 참 힘들었다고 합니다. 특히 혼례와 같은 일이 있으면 사람들이 한 곳에 모이는 만큼 화적떼들이 달려들어 큰 피해를 입곤 했습니다."

하긴 사람들이 축하를 위해 한곳에 모여드는 일이니, 화적떼들의 주 목표가 되겠구나.

그래도 그렇지…….

"혼례 때를 노린다니! 도의가 없군요!"

"도의가 있으면 화적떼겠습니까? 아무튼, 화적떼들이 혼인이 있음을 알게 되는 가장 큰 이유가 붉은색 서신이었습니다. 하여 이를 숨기기 위해 청첩장 색을 바꾸어 버린 거지요."

"그렇군요."

"진우라는 것도 이와 비슷한 맥락입니다. 화적떼와 맹수들 때문에 언제 죽을지 모르니 자신의 처자식을 위한 일종의 안배라고 보시면 됩니다."

"이거, 생각보다 복윤 소단주에게 신뢰받고 있었군요."

나는 머쓱하게 웃었다.

"상단주님을 뵙고 인사를 드리고 싶습니다. 그리고 복윤 소단주에게도 인사를 해야겠군요."

"지금 다른 분을 만나고 계십니다. 대화가 끝나고 곧바로 찾아뵈라고……."

나는 고개를 저었다.

"그런 거라면 나중에 알려 주십시오. 공자께서 말씀하셨듯, 진우라면 그에 맞게 행동해야겠죠."

"알겠습니다."

.

.

.

하지만 복윤 소단주가 나를 찾아온 것은 다음 날.

볼일 다 보고 오라는 뜻이긴 하지만, 다음 날은 좀 너무하다 싶어 한 소리 하려고 했지만.

"괜찮으십니까?"

퀭한 얼굴로 나타난 그를 보자, 나도 모르게 이런 말이 나왔다.

"아, 네. 괜찮습니다."

"혼례 준비가 원래 그렇게 힘든 겁니까?"

내 물음에 그는 어색하게 웃었다.
“저희 가문이 원래 좀 그렇습니다. 최대한 많은 이들을 초대하다 보니…….”
아무리 차 한 잔만 한다고 해도 그 숫자가 많으면 시간을 엄청 잡아먹을 수밖에.
“어제는 백 잔 넘게 차를 마셨습니다. 그랬더니 밤에 잠도 안 오더군요.”
사실 차를 마시면 잠을 깰 수 있다는 점 때문에 애용하긴 했지만, 그것도 과하면 문제다.
“다른 사람들과 관계를 다지는 것도 중요하지만, 그래도 몸조심하십시오. 혼례를 앞두고 몸이 상하면 큰일 아닙니까.”
“알겠습니다.”
“그나저나 놀랐습니다. 제가 진우라니요?”
내 말에 복윤 소단주는 다시금 멋쩍은 웃음을 지었다. 그 웃음에 나는 사정을 알아차렸다.
“일부러 말씀하지 않으신 거군요.”
“사실…… 그렇습니다.”
그는 고개를 숙이며 포권했다.
“미리 설명한다면 소단주께서 부담스러워서 제 혼례에 오지 않을까 싶어 말하지 않았습니다. 제 무례를 용서해 주십시오.”
“아니, 아닙니다!”
나는 손을 저었다.

나 참, 이렇게 나오면 이를 질책할 수가 없잖아.

물론 진심으로 질책할 생각도 아니었지만.

"단지 궁금했을 뿐입니다. 어째서 저를 복 소단주의 진우로 삼은 것인지."

"그야, 은 소단주께서는 제 목숨을 구해 주신 분 아닙니까?"

"그건……."

"당연한 일을 했다고 하지 마십시오. 은 소단주께는 당연한 일이었을지 모르나 저는 목숨을 구했으니 말입니다."

그는 말을 이었다.

"게다가 낙양에서 납치당해 바꿔치기를 당했을 때에도 가장 먼저 달려와 저를 구해 주셨지 않습니까?"

"그것 역시 당연한 일이었습니다."

"제가……."

나는 그의 말을 가로채며 말했다.

"복 소단주는 제 친우니까요."

"……."

할 말을 잃은 듯한 표정을 짓던 그가 이내 웃으며 말했다.

"또한, 제 가족을 맡길 만큼 능력 있으신 분이기도 하고요. 제가 진우를 잘 선택한 듯합니다. 그러면 진우가 되어 달라는 청을 허락하신 것으로 알겠습니다."

"저는 제 친우에게 진우가 도망갔다는 그런 불명예를

안겨 주고 싶지 않습니다."

우리는 함께 아침을 먹었다.

그리고 요즘 차를 과용하고 있는 그를 위해, 음자를 마셨다.

사과 말린 것이 들어간 음자였는데, 사과 향이 은은하게 나서 제법 괜찮았다.

여기에 다른 과일을 섞어도 괜찮을 것 같은데? 귤이라든가 자두 혹은 복숭아도 괜찮을 것 같고 저 남방에서만 자라는 과일인 여지(리치)도 괜찮을 것 같네.

이거. 한 번 상품으로 만들어 볼까?

제국민들에게 있어 차는 뗄 수 없는 부분이다.

하지만 회임을 했을 때, 차를 마시면 태아에 좋지 않다고 하여 아이가 태어날 때까지 차를 마시지 않는데 그게 생각보다 곤욕이라고 들었다.

회임하면 새콤한 것이 먹고 싶다고 하기도 하고.

이거 제대로 만들면 좋은 상품이 될 거 같네.

그렇게 생각을 이어 나가고 있을 때, 밖에서 복윤 소단주의 호위의 목소리가 들렸다.

"상단주님 내외분께서 드셨습니다."

문이 열리고 복 상단주님 내외께서 안으로 들어오셨다.

"상단주님과 사모님을 뵙습니다."

"그래, 먼 길 오느라 고생 많았네. 어제 자네가 온 것을 알았다면 진즉, 찾아왔을 터인데, 알리지 말라고 했다지?"

"네. 그랬습니다. 시간도 늦었고 다른 손님들을 제쳐두면서까지 제게 오시는 것은 바람직하지 않으니까요."

나는 미소 지으며 말했다.

"저는 복윤 소단주의 진우입니다. 말을 들어 보니 거의 가족과 같은 그런 관계인데…… 가족을 손님으로 대한다면 더 이상 가족이 아닙니다."

내 말에 복 상단주님과 사모님은 흐뭇한 미소를 지었다.

"자네의 말이 맞네."

"은 소단주가 우리 윤이의 진우라니 참으로 든든하네요."

그렇게 화기애애한 분위기 속에서 대화를 나누었고, 상단주님 내외분과 소단주는 일정을 위해 자리를 떴다.

이제 좀 한가롭게 쉬어 볼까?

라는 생각을 했지만, 이는 내 착각이었다.

생각보다 진우라는 것은 중요한 자리였다.

복 소단주의 시녀가 나를 방문했다.

"은 소단주님을 뵙습니다. 저는 복 소단주님의 시녀 소명이라 합니다."

"네, 은해상단의 소단주 은서호입니다."

"우선, 소단주님의 진우가 되어 주셔서 진심으로 감사드립니다. 그리고 잘 부탁드립니다."

"아, 네."

"그럼 진우께서 해 주실 일에 대해서 설명을 드리겠습

니다."
그녀는 나에게 자세하게 설명해 주었다.
"진우께서는 소단주님이 신부를 데리러 처가에 가실 때부터 혼례의 모든 것을 살펴 주셔야 합니다."
"네?"
"말 그대로, 모든 것입니다. 소소하게 손님 명단부터 하여 연회석 배치, 그리고 혼례 예복과 음식까지 말입니다."
"만약 뭔가 이상이 있으면요?"
"교체라든지 지시를 해 주시면 곧바로 시행될 겁니다."
"제 권한은 어느 정도입니까?"
"중대한 문제가 있다면 상단주님의 재가를 받아 혼례를 중지시키실 수도 있습니다."
허…….
진짜 권한이 막강하네.
이 정도면 복윤 소단주 본인이나 다름없을 정도다.
"무서울 정도로 권한이 강하군요."
"그리고 혼례를 치르기 전, 신랑보다 먼저 신부의 얼굴을 보시게 됩니다."
"네에?"
이 대목에서 나는 진짜 깜짝 놀랐다.
신랑이 신부의 얼굴을 볼 수 있는 건 신방에 들어가서였다.
그전까지 신부는 붉은색 멱리를 쓰고 있었으니까.

신방에 들어가기 전까지 신랑이 신부의 얼굴을 보지 못한다는 건 일종의 불문율.

그런데 진우가 먼저 신부의 얼굴을 본다니…….

"왜 다른 사람이 먼저 신부의 얼굴을 보는 겁니까?"

"그건, 그 신부와 신랑이 혼인했을 때 아무 문제가 없는지 살피기 위해서입니다."

"……이미 얼굴을 알고 있지 않나요?"

"제삼자의 눈이 정확할 때도 있으니까요."

사기당해 혼인하거나 하는 것을 방지하는 역할도 하는구나.

확실히 가족과 친구의 경계에 있는 자가 할 법한 역할이긴 했다.

그리고 그만큼 믿는다는 의미이기도 하겠지.

"알겠습니다."

"그럼, 예복을 지어야 하니 치수를 좀 재겠습니다."

"네? 예복이요?"

"혼례 당일 입으실 예복입니다. 진우 분께서는 특별한 예복을 입으십니다."

그리고 하녀들이 들어와 내 몸의 치수를 재었다.

왜 치수를 재는 하녀들의 얼굴이 붉어져 있는 건지 모르겠지만.

그리고 나는 소명 시녀의 안내를 받아 혼례가 진행되는 상황을 살폈다.

그녀에게 듣기로 신랑은 처가에 가서 신부를 데리고 온

다고 했다.

그리고 혼례는 광준상단에서 진행한다고 했다.

처가 쪽은 장소가 협소하기 때문이라고.

그렇게 이곳저곳 둘러보고 있을 때 누군가 사색이 되어 달려오는 것을 보았다.

무슨 일이지?

"상단주님! 급히 아뢸 것이 있습니다!"

그의 말에 곧 복 상단주님께서 나왔다.

"무슨 일이냐?"

"그것이…… 안에 들어가서 말씀드리겠습니다."

아무래도 손님들이 많은 곳에서 말할 수는 없는 내용인 듯했다.

복 상단주님은 내처로 향했고, 나 역시 내처로 들어갔다. 복 소단주의 진우가 되면서 내처 출입을 허가받았기 때문이다.

애초에 내 처소도 내처에 있으니까.

그렇게 내처로 들어간 후, 복 상단주님이 다시 물었다.

"그래, 무슨 일이냐?"

"이번에 황궁에 납품하기로 하고 길들이던 준마들이 도망갔습니다."

"뭐?"

그 말에 복 상단주님이 놀라 뒤로 넘어질 뻔했다.

착!

내가 얼른 복 상단주님을 붙잡아, 뒤로 넘어가는 추태

는 막을 수 있었다.
"괜찮으십니까?"
"아, 고맙네."
그때 소식을 들었는지 복윤 소단주가 달려왔다.
"아버지! 허억…… 헉. 황궁에 납품하기로 한 준마들이 도망쳤다고 들었습니다."
"그래. 나도 방금 보고를 받았다."
"이거 큰일이군요."
그 말에 나는 소식을 전해 준 자에게 물었다.
"황궁에 납품하기로 한 준마는 몇 필이나 됩니까?"
"네? 저……."
그는 대답하기를 망설였다.
나에게 그걸 말해도 되는지 판단이 안 서는 거겠지.
"윤이의 진우네."
복 상단주님의 말에 그는 즉시 대답했다.
"총 백스무 필인데, 도망간 말이 마흔 필입니다. 다른 말들은 간신히 가두었는데 워낙 날래서……."
사실 말이 도망가는 일은 종종 있다고 알고 있다.
그런 만큼 이런 일에 대비가 잘 되어 있을 텐데 도망갔다니…….
준마는 그 값이 무척 비싸다.
그냥저냥 쓸 만한 말이 은자도 아닌 은원보로 두 개다. 그리고 준마 급에 들면 은원보 네 개 정도.
그런데 황궁에 납품할 말이라면 그 등급은 말할 것도

없겠지.

하지만 손해를 떠나, 더 중요한 것은 그 준마들이 황궁에 납품할 말들이라는 것이다.

황궁에 제때 납품을 하지 못한다면…….

준마들이 도망갔다는 소식에 모든 이들의 얼굴이 급격하게 어두워질 만도 했다.

"지금 추격대를 보내어 말들을 찾고 있습니다만……."

누군가가 말을 가져가면 오히려 다행이다. 어찌어찌 해결할 수 있으니까.

문제는 들짐승에게 해를 당했을 때다.

이미 죽어 버린 말에 대한 보상을 돈으로 줄 수 있는 존재들이 아니니까.

혼례를 앞두고 이런 일이 생기다니!

"서둘러 추격대를 추가로 구성하여 준비가 되는 대로 출발해라!"

"네!"

"그리고 입단속 잘 시키고."

"알겠습니다."

그때, 나는 한 발 앞으로 나서며 말했다.

"상단주님, 저도 추격대에 합류하겠습니다."

내 말에 복 상단주가 갸웃했다.

"자네가 말인가?"

"네. 복윤 소단주의 진우 된 자로서 어찌 광준상단의 곤란을 보고만 있을 수 있겠습니까? 저 역시 힘을 보태고 싶습니다.”

복 상단주는 흔쾌히 고개를 끄덕였다.

“그리하게.”

“감사합니다.”

“아니네. 내 아들을 위해 애써 준다니 내가 오히려 감사하지.”

그리고 복윤 소단주는 내 손을 잡고 눈물을 글썽였다.

에이, 참.

부담스럽게 왜 이러신담.

나는 곧바로 옷을 갈아입고 차장으로 향했다.

“제 마음대로 결정해서 미안합니다.”

내 사과에 호위들은 고개를 저었다.

“그리 말씀하지 마십시오.”

“저희는 주군의 호위들입니다. 어딜 가든 군말 없이 따르는 것이 저희의 직무입니다.”

서우 무사가 말했다.

“물론, 주군께 위험하지 않다고 판단되기에 따르는 겁니다. 만약 주군께 위험하다고 판단되면 주저 없이 주군을 막을 겁니다.”

“저도 제 몸을 사리는 편이니 걱정하지 않으셔도 됩니다.”

“정말…… 이십니까?”

서우 무사의 눈빛에 나도 모르게 움찔했다.

좀 찔리긴 하네.

이번 일에는 이해타산이 조금도 섞여 있지 않았다.
그저 친우를 돕고 싶은 마음에 나선 것.
그때 누군가 나에게 다가왔다.
"행수 복덕입니다."
복씨인 것을 보니, 상단주님의 집안사람인 듯했다.
"은해상단의 은서호입니다. 실례지만 상단주님과 관계가 어찌 되십니까?"
"상단주님의 조부님의 형제의 장남의 차남입니다."
어…….
가깝다고 하면 가깝고 멀다고 하면 먼 사이구나.
"그러시군요. 잘 부탁드립니다."
"저야말로 잘 부탁드립니다. 준비되셨습니까?"
"네."
"그럼 출발하겠습니다."
그렇게 우리는 말을 타고 광준상단을 나섰다.
먼저 추적을 시작한 선발대가 남겨 놓은 표식을 따라 달리고 또 달렸다.
역시 요녕의 벌판이 넓긴 하구나.
북해빙궁으로 향할 땐 북동쪽으로 나아갔지만, 이번에는 정반대 방향으로 나아가고 있었다.
그러자 하얀 눈 대신, 광활한 초원이 눈앞에 펼쳐졌다.
잠시 말을 쉬게 하는 사이, 복덕 행수에게 물었다.
"혹시, 이전에도 이런 일이 있었습니까?"
"물론 말이 도망치는 경우는 제법 많습니다. 하지만 대부분이 미수에 그칩니다. 이렇게 본격적으로 도망가는 경우는 진짜 드뭅니다."

"그렇군요."

"게다가 이번에는 이유조차 알기 어렵습니다."

그렇단 말이지. 나중에 알아봐야겠군.

우선은 말들을 되찾는 것이 급하다.

그리고 다시 반나절 넘게 말을 달렸다.

진짜 멀리도 갔네.

시급을 다투는 일인 만큼 우리는 밤을 새워 말을 달렸고, 겨우 막사에 도착할 수 있었다.

먼저 추적을 시작한 이들의 막사다.

"워워!"

우리가 다가가자 막사를 지키던 누군가가 달려왔다.

"복덕 행수님이십니까?"

"그렇다. 누구냐?"

"저는 심 행수님 아래 있는 구을이라고 하니다. 심 행수님께 알리겠습니다."

곧 막사 안에서 한 남자가 나왔다.

"복덕 행수님."

"상단주님께서 추격대를 추가로 보내셨습니다. 지금 상황이 어떻습니까?"

"죄송합니다. 추격 중에 흔적을 놓쳐 버렸습니다."

"흔적을 놓치다니, 심 행수가 말이오?"

그가 심각한 표정으로 고개를 끄덕였다.

"예. 아무래도 미심쩍은 부분이 있습니다. 마치 누가 일부러 흔적을 조작한 느낌이 듭니다."

그 대화를 듣던 내가 그에게 물었다.

"누가 흔적을 조작한 것 같다고 하셨습니까?"

그가 나를 보며 의아한 듯 물었다.

"누구십니까?"

이에 복덕 행수가 나를 소개했고, 그는 얼른 고개를 숙였다.

"소단주님의 진우를 뵙습니다."

"네, 반갑습니다. 우선 제 물음에 답을 해 주십시오."

"아, 네."

그는 말을 이었다.

"제가 말의 흔적을 찾는 것만 삼십 년 넘게 일해 왔습니다. 말이 어디로 도망갔든 그 흔적을 쫓을 수 있습니다."

그의 말에서는 본인의 실력에 대한 자부심이 가득했다.

"말이 공중으로 사라지거나 땅으로 꺼지지 않은 이상은 흔적을 남기게 마련입니다. 말의 편자가 쇠인 만큼 땅에 쉽게 흔적을 남기니 말입니다."

나는 고개를 끄덕였다.

"게다가 이곳은 초원 지대인 만큼 그 흔적이 잘 남죠. 그게 문제입니다."

그는 말을 이었다.

"흔적이 너무 많습니다. 그것도 사방팔방으로……."
"그럼……."
"네. 누군가 일부러 이리한 것입니다."
나는 곰곰이 생각했다.
갑자기 도망친 말과 흔적을 조작한 누군가.
이거 냄새가 난다.
"제가 한 번 살펴봐도 되겠습니까?"
"이쪽으로 오십시오."
나는 그를 따라 앞으로 나아갔고, 흔적이 남아 있는 곳에 당도했다.
횃불 아래 보이는 모습은 정말 사방팔방으로 흔적이 어지러이 나 있었다.
그리고 느껴지는 기운.
"……!"
이 기운은…… 희미하긴 하지만, 틀림없이 흑도의 기운이다.
흑도의 누군가가 이 일에 개입한 것이 틀림없다.
그 정체는 아직 모르겠지만, 그 비겁함에 치가 떨렸다.
혼인을 며칠 앞두고 이런 짓이라니!
범인을 꼭 찾아내고 말겠어.
"쉬었다가 날이 밝아지면 다시 수색합시다."
"네."
복덕 행수의 명에 일제히 포권하며 답했다.
나에게도 막사 하나가 배정되었다. 하지만 상황이 상황

인 만큼 우리 일행은 하나의 막사에 함께 머물러야 했다.
나는 조용히 서우 무사와 진유 무사를 불렀다.
"두 분께 부탁이 있습니다."
"말씀하십시오."
"제가 보니 아무래도 이건 광춘상단에 피해를 주기 위해 의도한 행동 같습니다."
"저희 역시 그리 생각합니다."
"범인이 짐작 가십니까?"
"아직 확실하진 않습니다만 짐작 가는 건 있습니다."
나는 말을 이었다.
"다른 상단이 흑도 무리에게 사주했을 가능성입니다."
"흑도라고 하셨습니까?"
서우 무사의 반문에 나는 고개를 끄덕였다.
"전에 말씀드린 적이 있지요? 저는 제 무공의 특성 덕분에 흑도의 기운을 잘 느낄 수 있다고 말입니다."
"네. 기억합니다."
"이곳에서 흑도의 기운이 느껴졌습니다. 그리고 흑도들은 제법 큰 규모의 상단은 잘 건드리지 않습니다."
규모가 큰 상단은 자체적인 무력이 상당하고, 그 재력이나 인맥으로 복수할 능력도 있다.
그렇기에 잘 건드리지 않는다.
"하지만 다른 상단의 사주를 받았다면 말이 달라지지요."
나는 두 무사를 보았다.

"하여 두 분께 부탁드리는 겁니다. 두 분께서는 광준상단으로 돌아가십시오. 아직 그곳에는 이번 일에 개입한 자가 남아 있을 가능성이 큽니다."

"친우분이 걱정되신다는 거군요."

"네."

"무엇에 중점을 두면 됩니까?"

"우선 복 소단주와 그 가족들의 호위에 신경을 써 주십시오. 그리고 만약 흑도와 동조한 자를 찾아내신다면 제압해 주십시오."

나는 말을 이었다.

"두 분께서 그리해 주신다면, 저는 안심하고 말을 추격하는 일에 전념할 수 있을 것 같습니다."

"알겠습니다."

두 무사는 즉시 광준상단으로 향했다.

그럼 이제 본격적으로 말을 찾아볼까?

"금령아."

"꾸이?"

금령이 내 소매 안에서 빼꼼 고개를 내밀었다.

"심부름할 시간이야."

내 말에 금령의 눈이 반짝거렸다.

"오면서 말의 냄새는 충분히 맡았지? 말이 어디에 있는지 찾아봐."

내 부탁에 금령은 즉시 쌩하고 달려 나갔다.

그리고 잠시 후, 금령이 돌아왔다.

시간을 보아하니 가까운 곳에 있구나.

그런데 금령의 몸에 붉은 게 묻어 있는 것이 보였다.

피?

나는 깜짝 놀라 금령을 안았다.

"금령아? 어디 다쳤어?"

내 부름에 금령은 고개를 저었다.

"꾸! 꾸이! 꾸이꾸이!"

"응? 이거 네 피가 아니라고? 지금 당장 가 봐야 한다고?"

"꾸이!"

나는 다급하게 준비를 하고는 호위 무사들과 뛰어나갔다. 그리고 팔갑에게는 다른 이들에게 이를 알리라고 했다.

"이랴!"

내 외침에 말이 앞으로 튀어 나갔다.

금령이 저 앞에서 우리를 안내했다. 사방이 어두웠지만, 금령의 몸에서 흐르는 빛 덕분에 어렵지 않게 나아갈 수 있었다.

그렇게 얼마나 달렸을까?

곧 나는 금령이 왜 그리 다급하게 나를 불렀는지 알 수 있었다.

몇몇 모닥불이 사방을 밝히고 있었고, 잃어버렸던 말들이 모여 있었다.

그런데…….

어째 상황이 좀 이상했다.

몇몇 말들이 광적으로 날뛰며 사람들을 습격하고 있었기 때문이다.

아마도 광준상단의 말을 가져간 흑도 무리들이겠지.

"히이잉!"

"뭐야, 이 미친 말들은!"

"대체 어디서 나타난……."

말들의 공격에 그들은 혼비백산한 상태였다. 말 그대로 개판.

하지만 그들도 순순히 말들에게 당하고 있지는 않았는지, 말들이 피를 흘리고 있었다.

아, 금령의 몸에 묻은 피가 저 피구나.

"꾸잇! 꾸이! 꾸이!"

금령이 외치고 있었다.

지금 저 말들을 돕지 않고 뭐 하냐고.

"지금 가려고 했어."

우리는 즉시 검을 빼 들고 그들에게 달려들었다. 그리고 흑도의 무리들을 하나하나 제압하기 시작했다.

그들 중에 가장 강한 자라고 해 봤자 절정 초입 수준이었기에 제압은 그리 어렵지 않았다.

"웬 놈이…… 커억!"

나는 그의 질문에 대답도 하지 않고 면상을 발로 걷어차 버렸다.

그러는 사이 다른 놈들도 호위무사들이 제압했다.

그렇게 상황은 정리되었다. 우리는 흑도 무사들을 포박했고 혹시 모를 자결용 독까지 제거했다.

나는 힐끔 뒤를 돌아보았다.

피를 흘리고 있는 열 필 정도 되어 보이는 말들.

그 가장 앞에 선 말과 금령이 마주 보고 있었다.

"히잉!"

"꾸이! 꾸이!"

"푸르릉."

"꾸이!"

음, 서로 대화를 나누고 있구나.

나는 말들의 수를 세어 보았다.

총 오십 필.

피를 흘리고 있는 열 필을 제외하면 정확히 마흔 필이다.

그럼 저 열 필의 말은 뭐지?

내 의문을 금령이 해소해 주었다.

"꾸이! 꾸이! 꾸우이!"

금령은 대화를 마치고 내게 돌아와 설명해 주었다.

"그러니까 저 말들은 도망친 말이 아니라고?"

"꾸이."

"저 말들이…… 영물이라고?"

그 말에 나는 고개를 들어 그 말들을 제대로 살피기 시작했다.

땀이…… 젖빛? 설마!

보통 사람들이 최고로 치는 말은 한혈마, 즉 천리마다.

하지만 사람들이 잘 모르는 윗급의 말이 하나 더 있다.

한유마(汗乳馬).

젖빛의 땀을 흘리는 말로, 정식 이름은 주강마(走江馬)이다.

강 위를 달리는 말이라는 의미다.

그만큼 빠른 속도를 낼 수 있는 말이다.

천리마가 하루에 천 리를 달린다면, 주강마는 하루에 삼천 리를 달릴 수 있으니까.

그래서 주강마는 평범한 말이 아니라 영물로 분류된다.

그런 말이 열 필이나 있다고?

"꾸이, 꾸이이."

금령은 그런 내 의문을 알아차린 듯 설명했다.

"아, 저 말들이 끌려가는 것을 보고 저 말들을 돕기 위해 나선 거라고? 저 말들이 도와달라고 했다고?"

"꾸이."

저 마흔 필의 말들도 알아차린 것이다.

저 흑도 무리들이 좋은 의도로 자신들을 끌고 온 것이 아님을 말이다.

나는 열 필의 주강마들에게 향했고, 고개를 숙여 포권했다.

"도움을 줘서 고맙다. 덕분에 내 친우의 재산을 지킬 수 있었다."

"푸릉."

별것 아니라는 듯한 표정.

"상처라도 치료해 주고 싶은데, 괜찮지?"

그 말들은 고개를 끄덕였고, 나는 품에서 병 하나를 꺼내 그 안의 액체를 발라 주었다.

이거 요즘 자주 쓰게 되네.

그 액체의 정체는 바로 금령의 침이다.

역시 효과는 대단해서 순식간에 말들의 상처가 나았다.

"좋은 인연이었다. 잘 가라."

내 말에 그 말은 고개를 갸웃했다. 의아한 표정.

"히잉? 푸르릉?"

"꾸이!"

이에 금령이 통역해 줬다.

"왜 자신들을 욕심내지 않냐고? 욕심을 내다니?"

이내 그 말의 의미를 깨달았다.

"물론, 욕심은 나지. 하지만 나는 지금 가지고 있는 말로도 만족해. 그리고 내켜 하지 않는 말을 타는 것이 얼마나 위험한데. 나는 그런 위험한 짓은 하지 않는다고."

나는 말을 이었다.

"그럼 얼른 가 봐. 다른 이들이 오면 골치 아파지니까."

그리고 나는 그 말들에게 손짓하여 보냈다. 그런데 그 말들이 오히려 나에게 다가왔다.

그리고…….

응?

말이 무릎을 꿇는다고.

내가 고개를 갸웃할 때 금령이 말했다.

"꾸이! 꾸이이."

"어…… 그러니까 지금 나한테 몸을 맡기겠다는 거야?"

"꾸이."

"왜?"

"꾸이이."

"어…… 그러니까 돈이 많아서 잘 먹고 등 따뜻하게 잘 수 있게 해 준다고 했다고?"

하긴, 아무리 주강마라고 해도 먹고 사는 건 중요한 문제니까.

설마 이 말들도 금령이처럼 돈을 먹는 건 아니겠지?

그런 내 의문을 눈치챈 것인지, 금령이 다시 말했다.

"꾸이! 꾸이!"

"건초면 된다고? 그리고 가끔 달콤한 사탕 같은 걸 주면 더 좋고?"

음, 돈을 먹는 건 아니군.

금령의 태도를 보아하니, 내게 이 말들을 챙기라고 하는 듯하다.

하긴 무려 주강마인데.

"좋아."

문득 좋은 생각이 났다. 이번에 선물로 월차를 가지고

오긴 했지만, 그보다 더 좋은 선물이 이렇게 나타났다.
“부탁이 있는데, 누구 하나 내 친우의 집에 있을 말 있니?”
“푸릉?”
“물론 부자라서 잘 먹고 따뜻하게 지낼 수 있어.”
내 말에 말들이 고개를 끄덕였다.
좋았어.
이걸로 복윤 소단주에게 좋은 선물을 해 줄 수 있게 되었군.
하지만 문득 의문이 들었다.
아무리 배불리 먹을 수 있고, 등 따뜻하게 잘 수 있다고 해도 영물로 분류되는 주강마가 이렇게 쉽게 내게 고개를 숙인다고?
나는 금령에게 물었다.
“금령아.”
“꾸이?”
“혹시 네가 협박한 건 아니지?”
“…….”
금령아, 왜 내 눈을 피하니?

95장. 친우의 혼인

친우의 혼인

잠시 후, 동이 터 오기 시작했을 때 복덕 행수 일행이 팔갑과 함께 도착했다.

"오셨습니까?"

"이게 대체…… 어찌 된 일입니까?"

그도 그럴 것이 자신들이 잃어버린 말들이 모여 있고, 흑도 무리들이 포박되어 그 옆에 무릎 꿇려 있었으니까.

"저들이 이번 일을 벌인 이들입니다."

"네?"

"저들이 도망친 말들을 뒤쫓지 못하게 일부러 흔적을 조작한 자들입니다."

"그 말은……."

복덕 행수는 내 말뜻을 금방 알아차렸다.

"저들이 일부러 말을 도망치게 했다는 겁니까?"

내가 고개를 끄덕이자, 그는 분노를 터뜨리며 내게 물었다.

"대체, 목적이 뭡니까? 무슨 목적으로 그런 일을!"

"사주를 받았다고 합니다."

이미 나는 복덕 행수가 오기 전에 심문을 마쳤다.

그래서 저들의 우두머리 격인 절정의 무인은 내가 입힌 검상으로 끙끙대고 있었고.

"사주…… 라면? 누굽니까?"

"삼부상단이라고 합니다."

"거긴…… 분명 망했을 텐데?"

그 의문도 내가 풀어 주었다.

"분명 망한 건 사실입니다만, 흑도였던 이들이 세운 상단이라 그런지 지독하더군요. 어떻게든 돈을 긁어모아 의뢰한 모양입니다."

"젠장!"

"그 더러운 놈들이!"

"그놈들의 더러운 짓거리를 보지 않게 되어서 좋다고 했더니! 이런 짓을……!"

당연히 복덕 행수 일행은 분노했다.

"그래도 말을 찾았으니 다행입니다. 일단 이들을 호송하시죠."

"알겠습니다."

"그리고 이 사실을 미리 전령을 보내 알리는 게 좋을 듯합니다."

복덕 행수는 고개를 끄덕이고는 사람을 보냈다.

그사이 우리는 흑도 무리를 호송할 준비를 했다.

그때 복덕 행수는 고개를 갸웃했다.

"그런데, 그 뒤의 말들은 뭡니까?"

"아, 이 말들은……."

"허억!"

복덕 행수는 내 대답을 듣기도 전에 뒤로 넘어갈 듯 기함했다.

그 정체를 알아본 모양.

"알아보시는군요."

"당연한 말을 하십니다! 제가 이 요녕에서 말을 돌본 세월이 몇 년인데 주강마를 알아보지 못하겠습니까?"

그는 두 손을 모으며 말했다.

"저희 요녕의 말꾼들 사이에서는 주강마를 보면 소원이 이루어진다는 말이 있습니다. 그런데 이렇게 주강마를 보다니…… 그것도 열 필이나……."

주강마는 무척이나 감각이 예민해서 사람의 기척이 느껴지기만 해도 쏜살같이 피한다.

그래서 보는 것조차 어렵기 때문에 저런 전설 같은 것이 생기는 것.

"그런데 주강마들이 왜 이곳에?"

"이 주강마들 덕분에 저들이 말을 미처 끌고 가지 못한 것입니다. 주강마들이 저들을 방해해 주었습니다."

"주강마에게 큰 은혜를 입었군요."

그는 주강마 앞에 머리를 조아렸고, 이를 보며 주강마들은 고개를 치켜들었다.

푸릉!

그때 들리는 작은 소리.

"꾸이?"

그 소리에 주강마들은 급히 고개를 숙였다. 이를 보며 나는 속으로 웃으며 말했다.

"그리고 주강마들이 저를 따르겠다고 합니다."

"네에?"

"아무튼, 갑시다."

"아. 네."

그렇게 우리는 무사히 마흔 필의 말을 찾아 광준상단으로 향했다.

흑도들을 호송해야 했기에 올 때보다 속도가 느릴 수밖에 없었다.

그리고 마흔 필의 말도 잘 끌고 가야 했고.

원래 말을 타지 않고 끌고 가는 건 그리 쉬운 일이 아니다.

하지만 이번에는 아니었다.

"허…… 말들이 이렇게 얌전하게 움직인다고?"

"놀라운 일이네."

그게 가능한 건 열 필의 주강마 덕분이다.

말은 군집생활을 하는 동물인 만큼, 우두머리 격인 동물에게는 쉽게 복종한다.

그리고 우리에게는 나를 따르는 주강마들이 있지.

특히 주강마의 우두머리 격인 녀석이 중심을 딱 잡고 있으니, 다른 말들이 함부로 날뛰거나 튈 생각을 하지 못하는 거다.

덕분에 우리는 속도는 조금 느릴지언정, 아주 편하게 돌아올 수 있었다.

우리가 광준상단의 말 목장으로 돌아왔을 때 미리 연락을 받았는지 복윤 소단주가 직접 나와 있었다.

그리고 그의 조금 뒤에서 서우 무사가 잘 호위하고 있었다.

나는 얼른 말에서 내려 복윤 소단주에게 다가갔다.

"혼례 준비를 하셔야 할 분이 왜 여기 계십니까?"

그가 고개를 젓더니, 눈을 빛내며 말했다.

"말을 되찾았다는 소식을 들었는데, 어찌 나오지 않을 수 있겠습니까? 게다가 범인까지 잡았다니요. 정말, 정말 고맙습니다."

"소단주의 진우 아닙니까? 당연히 도울 수 있는 일을 도왔을 뿐입니다."

"그렇다고 하더라도 정말 감사한 일입니다."

복윤 소단주는 그렇게 연신 감사를 표했다.

그는 내 뒤쪽의 말을 보다가 고개를 갸웃했다.

"음? 저 말들은……."

그리고 그의 반응도 복덕 행수와 별반 다르지 않았다.

"허억! 주강마 아닙니까?"

"네. 맞습니다."

"세, 세상에나! 주강마를 내 눈으로 직접 보다니! 드디어 제 소원이 이루어지나 봅니다."

그 말에 나는 웃으며 물었다.

"복 소단주의 소원이 뭔데 그러십니까?"

"저희 상단이 천하 오십대 상단 안에 드는 것입니다."

"그 소원, 이루어질 겁니다."

나는 그리 말하고는 열 필의 말 중 하나를 끌어왔다.

"이 말, 마음에 드십니까?"

내 말에 당황한 듯, 그는 두 눈을 깜박였다.

나는 그 말을 내밀며 말했다.

"제가 드리는 혼인 선물입니다."

"네?"

"사실, 혼인 선물로 차를 가지고 오긴 했는데…… 차를 과용하고 있는 지금 그게 적당한 선물 같지는 않아서 말입니다. 제 고민을 하늘이 들으셨나 봅니다."

내 말에 복윤 소단주는 무척이나 놀란 듯 말을 더듬었다.

"저, 정말, 그, 그러니까……."

"네. 제 선물입니다."

복숭아를 기르는 사람에게 복숭아를 선물로 주는 건 김빠지는 일이지만, 그 복숭아가 천도복숭아라면 말이 달라지지.

주강마는 복 소단주에게 천도복숭아나 다름없다.

"이 주강마도 동의했습니다. 먹을 거 잘 챙겨 주시고, 편안한 곳에서 잘 재워만 주시면 됩니다."

"아, 알겠습니다. 그리하겠습니다."

그는 다시금 눈물을 글썽였다.

"잃었던 말도 찾고, 이렇게 귀한 말도 선물을 받고, 정말 최고의 날입니다."

"진짜 우시는 건 아니죠? 혼례를 앞두고 우시면 붕어눈이 되어 혼례를 치르게 될 텐데 그건 진우로서 용납할 수 없습니다."

"하하하. 알겠습니다."

목장에 말을 맡기고 우리는 광준상단 본단으로 돌아갔고, 상단주님을 찾아갔다.

모든 보고를 들은 상단주님의 눈이 빛났다.

"아직 정신을 차리지 못했다면, 정신을 차리게 해 주어야겠군."

그리고 축객령을 내리셨다.

우리는 집무실에서 나왔고, 복윤 소단주가 침을 꿀꺽 삼켰다.

"왜 그러십니까?"

"저렇게 무서운 아버지는 처음 봅니다."

"아……."

삼부상단은 이제 큰일 났네.

뭐, 내 알 바는 아니지.

자업자득이다.

그런 생각을 하며 처소로 돌아오자, 하인 하나가 결박되어 있었다.

"무슨 일입니까?"

내 물음에 진유 무사가 사정을 말해 주었다.

"이자가 외부로 내처의 상황을 전달하고 있었습니다."

그러니까, 쥐새끼라는 거네.

나는 그에게 다가갔고, 물었다.

"그래서, 누구에게 전했습니까?"

"그, 그건……."

"삼부상단입니까?"

내 물음에 그 하인의 눈이 커졌다. 정답이네.

나는 팔갑에게 말했다.

"지금 당장 소단주께 가서 말해, 여기 쥐새끼를 잡았다고."

미리 두 무사를 광준상단으로 보내길 잘했네.

.

.

.

다음 날, 아침.

팔갑은 내게 전날 밤, 광준상단의 무력대가 은밀히 움직였다는 것을 말해 주었다.

이번에는 확실하게 뿌리 뽑았으면 좋겠네.

그렇게 며칠의 시간이 흘러서 드디어 복윤 소단주의 혼례날이 되었다.

"이걸 입으시면 됩니다."

나에게 배정된 하녀가 나에게 예복을 가져왔는데, 그 예복은 신랑과 같은 붉은색이었다.

신랑 신부의 예복은 붉은색.

그래서 하객들은 절대 붉은색 옷을 입고 연회에 참석하지 않았다.

그런데 이런 화려한 붉은색 옷이라니!

이건 내가 신랑의 진우라는 것을 모든 이들에게 알리는 것과 진배없지 않나?

"어때요? 참 멋지지 않나요? 이걸 입으시면 모든 하객분들에게 은 소단주님이 저희 소단주님의 진우라는 것을 알릴 수 있을 겁니다."

아…….

진짜 모두에게 알리기 위함이구나.

"그런데 꼭 그렇게 모두에게 알려야 하는 겁니까?"

"무슨 말씀이신지……."

"갑이라는 사람의 진우라는 자가 복수를 할 것이 두려워 진우인 을까지 해하면 갑의 처자식들을 건사하는 것이 어렵지 않나 해서 말입니다. 그런 걸 생각하면 정체를 숨기는 것이 나으니까요."

내 물음에 시녀가 대답했다.

"아, 그렇게 생각하실 수도 있겠네요. 하지만 진우에게는 복수의 의무가 없으니 그 부분은 걱정하지 않으셔도 됩니다."

"그렇군요."

"그리고 진우라는 건, 그런 복수 같은 목적이 우선이 아닙니다. 그리고 이 예복은 그 진우의 위상을 높여 주기 위함입니다."

가문의 은인 같은 대우를 한다는 뜻이군.

그 진우를 소홀히 대접하지 말하는 의미기도 하고.

"또한, 저희 소단주님의 신부가 되시는 분과 그 가족들에게 확실하게 진우라는 것을 알리기 위함도 있습니다."

나는 고개를 끄덕였다.

다 이유가 있는 거구나.

"그럼, 예복을 입는 것을 도와 드리겠습니다."

그렇게 나는 하녀와 팔갑의 도움을 받아 예복을 입었다.

"으허?"

"뭐야? 왜 이상한 소리를 내는 건데?"

내 물음에 팔갑이 고개를 끄덕이며 흐뭇한 표정을 지었다.

"역시 도련님께서는 멋지십니다요."

"내가 좀 멋지긴 하지."

나는 처소를 나와 차장으로 향했다.

이제 신부를 데리러 갈 시간이다.

"이제 갑시다."

"네."

나는 신랑의 옆에서 나란히 말을 몰았다. 그런 우리의 뒤에서 화려한 마차가 따라오고 있었다.

사실 신랑도 마차에 타야 하지만 복윤 소단주가 마차 멀미가 좀 심해서 말이지.

신부의 집까지는 그리 오래 걸리지 않았다.

한 두 시진 정도?

그렇게 말을 달린 우리는 신부의 집에 도착했다.

"어머나! 왔네! 왔어!"

"훤칠하기도 해라!"

"어머머!"

사람들의 수군거림을 들으며 우리는 말에서 내렸다.

그리고 그 집 사람들의 환대를 받으며 안으로 들어갔다.

그때 내 눈에 보이는 현판.

[유성문.]

그걸 보자 기분이 싱숭생숭했다.

내가 이 유성문에 대해서도 알고 있고, 복윤 소단주의 부인이 될 사람에 대해서도 알고 있기 때문이다.

유성문은 하늘의 유성에서 착안하여 만들어진 유성검을 절기로 하는 곳이다.

이곳은 별이 무척 잘 보이는 곳에 위치한 만큼, 별에서 착안한 무공을 만드는 게 당연한 일이었을지도 모른다.

유성검은 생각보다 강맹한 극쾌의 검법.

다가오는 용봉비무회 때 사람들은 유성검에 주목하게 된다.

바로 오늘 신부가 될 유성문주의 장녀에 의하여.

하지만 그 사건은 그녀와 유성문에 닥친 비극의 서막이었다.

그녀는 그때부터 이름을 날리기 시작했고, 무림맹주가 주선한 모용세가 사람과 혼인까지 하게 된다.

하지만 불과 오 년 만에 그녀는 스스로 목숨을 끊었다.

그로부터 이 년 후 유성문은 흑도와 작당하여 인근 마을 주민을 잡아 노예로 팔았다는 죄목을 쓰고 멸문당했다.

그리고 어처구니없는 일은 그 뒤에 벌어진다.

장녀와 혼인한 모용세가에 유성검과 무척 흡사한 검법이 전수되기 시작한 것.

하지만 이제 그런 비극은 없을 거다.

유성문의 이름을 알릴 장녀가 내가 살린 복윤 소단주와 혼인하게 되면서 용봉비무회에 참가하지 않게 되었으니까.

그리고 모용세가의 소가주도 바뀌지 않았고.

내가 바꾼 미래들이다.

나, 잘한 거겠지?

우리는 먼저 장인과 장모에게 향했다.

"사위, 복윤이 장인어른과 장모님께 예를 올립니다."

복윤 소단주는 그 앞에서 어른들께 절을 했다.

"어서 오게나."

"우리 딸, 앞으로 잘 대해 주고……."

"걱정하지 마십시오. 제 이름과 돈을 걸고 반드시 그리 하겠습니다."

그 말에 살짝 당혹스러워하는 장인.

"흠흠."

나는 얼른 부연 설명을 했다.

"상인에게 돈이란, 무인에게 무공 같은 겁니다."

"아. 그렇군."

유성문주님이 당혹스러움을 가라앉히더니 나를 보았다.

"자네가 우리 사위의 진우로군. 그런데…… 어딘가 낯이 익은데?"

"처음 뵙겠습니다. 은해상단의 소단주, 은서호라고 합니다."

"은서호라면…… 오! 그 선협미랑이군!"

어…… 아시네?

"지난번 용봉비무회 때 자네의 활약을 내 직접 볼 수 있었지."

심지어 직접 보시기까지 했다니!

"쑥스럽습니다."

내 명호가 언급되자, 사람들이 나를 보는 눈이 달라졌다.

그도 그럴 것이 지금 이곳에 모인 이들은 대부분 무인

들이다.

무인들에게 영웅은 선망의 대상이거든.

"자네가 내 사위의 진우라니, 이것 참으로 든든하군. 그럼 가문의 이들을 소개하겠네."

유성문주님은 직접 자리에서 일어나 하나씩 사람들을 소개해 주었다.

"내 어머니네."

장조모님과 인사를 나누고, 그 옆의 남자를 소개해 주었다.

"이쪽은 내 둘째 아우이네."

우리는 그와 인사를 나누었다.

"그런데 둘째 아우의 부인과 아이는 아직인가 보군."

"이제 곧 올 겁니다. 형님. 오늘따라 경이가 밥을 늦게 먹어서요."

"허허, 그렇구만. 부디 양해해 주게."

"그래서 아이 아닙니까? 충분히 이해합니다."

"고맙네."

그리 말한 문주가 고개를 두리번거렸다.

"어? 유석이, 이 녀석은 또 어디 갔어?"

그때 누군가 달려오는 소리가 들렸다.

"죄, 죄송합니다! 늦어서 송구합니다!"

달려오는 청년을 보며 나는 두 눈을 깜박였다.

어째 낯이 익은데…….

아!

요녕에 들어섰을 때 들렀던 객잔에서, 나를 납치범으로 오해했던 청년이다.

그리고 그 역시 나를 알아본 듯, 그대로 굳어 버렸다.

나 참, 이건 또 무슨 우연이지?

굳어 버린 청년을 본 유성문주님이 고개를 갸웃하며 물었다.

"왜 그러느냐? 뭐 문제라도 있느냐?"

"저, 저분께서 왜 여기에……."

"면식이 있는 모양이구나."

그때 그의 뒤를 이어 한 여인이 아이를 안고 우리가 있는 공간으로 들어왔다.

"아!"

그녀는 깜짝 놀라더니, 얼른 내게 다가와 고개를 숙였다.

"은인을 뵙습니다."

"은인?"

유성문주님의 물음에 그녀가 대답했다.

"네. 경이를 구해 주신 은인이십니다."

유성문주님과 그 둘째 동생은 뭔가 생각났다는 듯이 말했다.

"부인, 혹시 이분이 객잔에서 경이를 구해 주셨다는 분이오?"

"그분이 이분이셨느냐?"

"네. 그렇습니다."

경이라는 아이는 나를 기억하고 있는지, 나를 향해 손을 뻗으며 방긋 웃었다.

“혀아! 혀아!”

아무래도 나에게 형이라고 하는 것 같은데?

미안하지만, 아가야. 내가 너에게 형이라고 불릴 나이는 아니야.

삼촌이면 모를까.

문주님의 둘째 아우가 나에게 포권했다.

“제 아들을 구해 주셔서 정말 감사드립니다, 대협.”

“대협이라니요. 그저 아이와 인연이 닿았기에 아이를 구할 수 있던 것뿐입니다.”

“말이 그렇지, 그렇게 할 수 있는 사람이 얼마나 되겠는가. 나도 다시금 감사를 표하겠네.”

문주님께서도 내게 정중히 포권했다.

그러는 사이, 유석이라 불린 청년이 쭈뼛거리며 내게 다가왔다.

“죄송합니다. 그때는 제대로 인사도 드리지 못하고, 사죄도 제대로 하지 못한 것 같습니다.”

그는 고개를 깊이 숙이고는 말을 이었다.

“제 조카를 구해 주신 것 정말로 감사드립니다. 그리고 제가 무례했던 것에 사죄드립니다.”

이에 나는 고개를 끄덕이며 말했다.

“괘념치 마십시오. 잘 모르는 상황이라면 충분히 그리 오해할 만했습니다.”

"그리 말해 주시니, 정말 감사합니다."

이거, 너무 나에게 사람들의 시선이 주목되는 거 같네. 누가 뭐래도 오늘 이 자리의 주인공은 신랑과 신부인데 말이지.

나는 부드럽게 말했다.

"저에 대한 감사는 이 정도면 될 듯합니다. 오늘의 주인공은 제가 아니라, 제 친우이니 양해를 부탁드립니다."

"아, 그렇지! 사위를 앞에 두고 이런 실례를…… 미안하네."

그 말에 복윤 소단주가 웃으며 고개를 저었다.

"아닙니다. 제 진우가 좋은 일을 한 건 사실이잖습니까? 하물며 장인어른 댁 아이의 목숨까지 구했다니! 역시 제가 진우를 잘 선택한 듯합니다."

"그리 말해 주니 고맙군. 그럼 마저 소개하겠네."

내게 사과를 한 이는 문주님의 셋째 아우라고 했다.

"지금 내 첫째 아우는 출타 중이라네."

"그러시군요."

그런데 생각보다 나이 차가 많이 나는 것 같은데?

그런 내 생각을 알아차렸는지 문주님이 말씀하셨다.

"셋째 아우는 부모님께서 말년에 보신 아우이지."

"그러시군요."

"그리고 여기, 경이는 둘째 아우가 오랫동안 기다렸던 아이네."

그렇게 다른 가족들까지 소개가 마무리된 후, 자리를

옮겼다.
"그럼 이제 가서 쉬도록 하지."
"네."
그사이 나는 다른 곳으로 향하며 빰을 긁적였다.
바로 신부가 있는 곳.
이것 참 기분이 싱숭생숭하네.
내가 복윤 소단주보다 먼저 신부의 얼굴을 보는 이유에 대해 설명을 들어 알고 있기에 그게 부담이 되는 건 아니다.
그저, 이전 삶에서의 인연 때문이다.
당시 요녕에서 이 지역의 유지 중 한 사람과 거래를 해야 했다.
그는 욕심 가득한 얼굴로 생트집을 잡으며 좀처럼 거래 대금을 주지 않으려 했다.
그때 우리 자리의 근처에 앉아 있던 여인이 다가와 말했다.

"내 그대를 그렇게 보지 않았는데, 그대가 우리 요녕의 이들의 얼굴에 먹칠을 한다는 것을 자각하고 있는 것입니까?"
"헉! 어, 어째서 여기에……."
"우리 요녕의 이들을 신용 없는 이들로 만들지 않았으면 합니다."
"소, 송구합니다."

"내, 그대를 지켜보겠습니다."

그녀는 길게 말하지 않고 그 말만을 남기고 다루를 나섰다.

그 유지는 생트집을 잡는 것을 멈추고 즉시 내게 대금을 지불했다.

"그런데, 저분은 누구십니까?"

"허어! 이 천한 상인 놈이! 저분이 누구라니? 저분은 모용세가의 둘째 공자의 부인 되시는 분이네!"

그렇게 그녀의 정체를 알게 되었고, 언젠간 은혜를 갚겠다고 생각했다.

그러나 당시의 나는 그 은혜를 갚지 못했다.

얼마 후, 스스로 목숨을 끊었다는 소식이 들렸고…… 이 년 후 유성문이 멸문하면서 그제야 그녀가 유성문주의 장녀라는 것을 알게 되었으니까.

나를 안내한 하녀가 말했다.

"아가씨, 복윤 소단주님의 진우 분께서 드셨습니다."

"드십시오."

이전 생에 들었던, 강단이 느껴지는 목소리.

문이 열리고, 나는 안으로 들어갔다.

다탁 앞에 한 여인이 앉아 있었다.

내 이전 삶에서 봤을 때보다 훨씬 더 밝고 환한 얼굴.

나는 정중하게 포권하여 고개를 숙였다.

“처음 뵙겠습니다. 복윤 소단주의 진우, 은해상단의 소단주 은서호라고 합니다.”

“유성문주의 장녀, 인정연입니다.”

인정연.

그래, 그런 이름이었지.

하녀가 차를 가져와 나와 그녀의 잔에 따라 주었다.

진우는 신부의 얼굴만 보고 가는 것이 아니라, 차 한 주전자를 마실 때까지 대화를 나누어야 했다.

복윤 소단주의 가문에만 있는 풍습이 진우라고 했는데, 들으니 요녕의 대부분의 가문에는 이와 비슷한 풍습이 있다고 했다.

이름과 그 역할이 조금씩 다르지만.

지금 복윤 소단주는 인정연 소저의 진우와 대화를 나누고 있을 거다.

신부 측 진우의 역할도 신랑 측과 비슷하다.

신랑이 영 아니다 싶으면 신부가 신방에 들어가지 못하도록 막는 것.

신랑 측 진우도 아니다 싶으면 혼례를 중지시킬 수도 있으니까.

신부 측 진우와 이야기가 잘 끝났으면 좋겠는데 말이지.

그런 생각을 하며 차를 마셨다.

“차가 고소하군요.”

"현미를 볶아 넣은 것이랍니다."
"아, 그래서 이리 고소하군요."
나는 찻잔을 내려놓으며 이야기를 시작했다.
"제 친우는 허우대는 멀쩡하고 일에는 빈틈이 없지만, 살짝 곰 같은 면이 있습니다. 그래서 부인을 좀 서운하게 할지도 모릅니다만, 그래도 넓은 마음으로 이해해 주셨으면 합니다."
내 말에 그녀는 고개를 갸웃했다.
"저에 대해 질문하실 건 없나요? 마치 이미 결정을 내렸다는 것처럼 말씀하시네요."
"네. 맞습니다."
나는 미소 지었다.
이미 이전 삶에서 짧은 만남이었지만 그 만남을 통해 그녀가 좋은 사람이라는 것을 확인했다.
인성 문제만 없다면 다른 것들은 살아가면서 해결해 나가면 된다.
혼인이라는 건 다른 환경에서 살아온 두 사람이 한 가족이 되는 일이다.
그런 두 사람의 모든 것이 딱 맞는다?
그런 일은 없지.
같은 부모 아래 태어나, 같은 환경에서 살아온 형제자매끼리도 그러기 힘든데.
하지만 부연 설명이 없다면 내가 너무 대충한다고 오해할지도 모른다.

"이미 부인에 대해서는 알고 있습니다. 부인이 생각하시는 것보다 상인 가문이 정보를 모으는 데 진심이니까요. 실례되는 말이지만 이번 혼인에서도 마찬가지였을 겁니다."

"그렇겠네요."

"너무 기분 나빠 하지 않으셨으면 합니다. 남은 평생을 좌우할 선택을 앞두고 나름 진심으로 임했다는 증거로 받아들이셨으면 합니다."

나는 말을 이었다.

"그리고 그건, 부인 역시 마찬가지였을 테지요."

내 말에 그녀는 작게 웃으며 고개를 끄덕였다.

"맞아요. 저희도 나름 열심히 상대를 알아봤답니다."

"저는 제 친우의 안목을 믿습니다. 그리고 이렇게 와서 보니 역시 제 친구의 안목은 참으로 뛰어나군요."

"제 칭찬으로 듣겠습니다."

우리는 함께 웃었다.

"그런데, 검은 어찌하실 겁니까?"

"네?"

"설마 검을 놓거나 하지는 않으시겠죠?"

내 물음에 그녀의 눈동자가 살짝 흔들렸다. 내 짐작이 맞았다.

"어쩔 수 없죠. 안주인으로서의 역할을 제대로 하기 위해서는 검을 잡을 시간이 별로 없을 테니까요."

나는 고개를 저으며 조언했다.

"결코, 검을 놓지 마십시오. 상인 가문은 무가만큼이나 위기의 순간이 갑작스럽게 찾아옵니다. 그런 상황에서 무기를 놓은 것을 후회하지 않으셨으면 합니다."

내 말에 잠시 생각하던 그녀는 고개를 끄덕였다.

"그리하죠."

그럼 이제 본론이다.

"만약 곤란한 일이 생기면 언제든지 도움을 청하십시오. 기꺼이 도와드리겠습니다."

"복윤 소단주님의 진우이기 때문인가요?"

물론 그런 이유도 있지만, 내 이전 삶에서 그녀에게 입었던 은혜를 갚고 싶은 마음도 있었다.

내가 복윤 소단주를 살림으로 그녀의 운명이 바뀐 것만으로도 그녀에게 은혜를 갚은 것이 아니냐고 할 수도 있겠지.

하지만 그건 그거고, 이건 이거다.

여하튼, 그렇게 대답할 수는 없기에 고개를 끄덕였다.

"네. 그렇습니다."

"복윤 소단주께서 참으로 든든한 친우를 두셨네요. 게다가 용봉비무회의 영웅이시라니!"

"저에 대해서도 아십니까?"

내 물음에 그녀는 고개를 끄덕였다.

"네. 아버지께도 들었지만, 아버지께서 낙양에서 구해주신 서책에서 봤어요."

"서책?"

내 의아함을 해결해 주려는 듯, 그녀는 자리에서 일어나 서책 하나를 가져왔다.

"이것입니다."

[삼십육 회 용봉비무회 신진 영웅들]

그 제목을 보는 순간, 나도 모르게 사레가 들렸다.

"콜록콜록!"

"어! 괜찮으세요?"

"아, 네. 괜찮습니다."

나는 차를 마시며 간신히 사레를 진정시켰다.

"혹시 다른 질문 또 있으세요?"

"없습니다."

"네? 진짜요?"

"네."

"뭔가 미안해지네요. 제 진우는 물어보겠다고 적어 간 게 백 가지가 넘던데……."

"아……."

.

.

.

나는 인 소저와 이야기를 마무리하고는 복윤 소단주에게 향했다.

"이런……."

그는 탁자에 엎드려 있었다.

"괜찮습니까?"

내 물음에 그는 간신히 고개를 들고는 말했다.

"힘들었습니다."

어…… 괜찮지 않구나.

하긴, 백 가지가 넘는 질문에 답하려면 진땀 꽤나 흘렸겠네.

"그래서, 어떻습니까?"

그 물음에 나는 피식 웃었다.

"왜 웃으십니까?"

"새삼, 복 소단주의 안목에 감탄했습니다."

"아……."

그의 얼굴이 밝아졌다.

그날, 모든 준비를 끝내고 신부가 나왔다.

아까 내가 봤을 때와 달리 붉은 너울을 쓰고 있었다.

어느새 신부 측에서도 출발할 준비를 마쳤다.

원래라면 이곳에서 혼례를 올리고 다음 날 떠나야 하지만, 혼례식을 광준상단에서 하기로 했으니까.

신부가 마차에 올랐고, 일행 모두 광준상단으로 출발했다.

보통은 행렬의 앞에서 악사들이 흥겨운 연주를 하지만, 여기서는 매우 조용히 이동했다.

그리고 광준상단의 무사들과 유성문의 문도들이 사방

을 에워싸고 있었다.

그렇게 한참을 이동한 우리는 마침내 광준상단에 도착했다.

"신부가 왔다!"

"와아아!"

사람들이 크게 환호하면서 본격적으로 두 사람의 혼례식이 시작되었다.

.

.

.

밤이 깊었다.

혼례식을 끝낸 신랑과 신부는 신방에 들어갔다. 복 소단주가 마음에 들었는지 신부의 진우는 신부가 신방에 들어가는 것을 허락했다.

그 후로 며칠이 지났다.

복윤 소단주의 혼례가 끝났지만 나는 아직 북경으로 돌아가지 않고 있었다.

복윤 소단주의 부인인 인 소저가 친정에 방문하는 친영례에 나도 동행해야 했기 때문이다.

그것까지가 이곳에서 진우의 역할.

그리고 오늘이 바로 그 친영례를 치르는 날이다.

아침 식사를 하고, 복윤 소단주의 처가로 갈 준비가 다 되었다.

복윤 소단주의 부인도 말을 타고 싶어 하는 눈치였지만, 입은 옷 때문에 어쩔 수 없이 마차에 탔다.

우리가 유성문에 도착하자, 문주님 내외께서 우리를 반갑게 맞이해 주셨다.

"어서 오게. 그리고 잘 왔다."

"장인어른과 장모님께 인사 올립니다."

"소녀, 부모님께 인사 올립니다."

그리고 안으로 들어갔고 수레에서 일꾼들이 짐을 내리기 시작했다.

"이 짐들은 다 무엇이냐?"

그 물음에 복윤 소단주가 대답했다.

"저희 부모님께서 보내시는, 약소한 선물들입니다. 부디 물리지 말아 주십시오."

"사돈어른께 신경 써 줘서 고맙다고 전해 드리게."

짐을 풀고 본격적으로 친영례를 시작했다.

친영례의 가장 큰 목적은 정식으로 처가댁에 인사를 드리는 거니까.

복윤 소단주의 장조모님과 그 집안 친척들 한 명 한 명 선물과 함께 인사를 드렸다.

그렇게 인사를 마치자 어느새 시간은 저물었고, 연회가 시작되었다.

혼례 때 미처 찾아오지 못한 처가 쪽 손님들을 위한 연회였다.

그리고 신부는 친우들과 함께 시간을 보내기 위해 자리를 떴다.

하여 지금 복윤 소단주만 연회에 참석해 있는데 이게 당연한 거다.

신부가 늦은 밤의 연회에 참석해 있을 이유가 없으니까.

그때 시종이 나를 불렀다.

"저, 문주님께서 부르십니다."

문주님께서? 무슨 일이지?

나는 자리에서 일어났고, 문주님이 계신다는 곳으로 향했다.

"문주님께서는 후원에 계십니다."

"그렇군요."

후원으로 들어가니 정자에 두 사람이 서 있는 게 보였다.

한 사람은 문주님일 테고, 선객이 있었던 건가?

거리가 좀 있었지만, 내 내공이 꽤 심후한 데다가 감각이 예민하다 보니 그들의 대화가 들렸다.

"……그래서 제 제안은 생각해 보셨습니까?"

"전에 말하지 않았나? 거절하겠다고."

"후회하실 겁니다."

"내가 후회할 일이 생기더라도, 본가의 절기를 넘길 순 없네."

응? 이건 또 무슨 소리야?
내가 당황하고 있는 사이에도 대화는 계속 이어졌다.
"정말 괜찮으시겠습니까? 유성문의 절기에 대한 값은 서운하지 않게 쳐 드리겠습니다."
"일 없네."
"저희가 아니면 그 누가 그 거금을 갚아 주겠습니까? 이미 빌린 돈에 대한 이자가 어마어마하게 불어났지 않습니까?"
"……일 없다고 그러지 않았나!"
"흥! 후회할 겁니다."
그렇게 그 선객이 자리를 떴다.
이제 문주님께 가도 되는 거겠지?
나는 잠시 시간을 두고 걸음을 옮기다가 문주님과 눈이 마주쳤다.
"……."
잠시 정적이 흘렀고, 문주님이 말씀하셨다.
"올라와 앉게."
"네."
나는 문주님이 계시는 정자로 향해 그 맞은편에 앉았다.
"추태를 보였군. 미안하네."
"아닙니다."
"자네 정도라면 방금 대화를 다 들었겠군."
여기서 듣지 못했다고 하면 그 말을 믿을 수 있을까?

내가 할 수 있는 대답은 하나뿐이다.
“송구합니다. 어쩌다 보니 듣게 되었습니다.”
“후, 설명이 필요하겠군.”
“아닙니다.”
나는 손을 저었다.
“괜찮습니다. 그냥 잊어버리겠습니다.”
물론 궁금하긴 하다.
대체 무슨 일이 있는 것인지 말이다.
문주님이 무거운 표정으로 입을 열었다.
“사실, 본문은 꽤나 많은 빚을 지고 있다네. 돌아가신 아버지께서 오랜 기간 병을 앓으시면서 쌓인 빚일세.”
“그러셨군요.”
“그리고 방금 나와 이야기하던 자는 대공상단의 상단주네. 대체 왜 필요한지는 모르지만, 그 빚을 대신 갚아 줄 테니 본문의 절기를 달라고 하더군.”
그는 쓰게 웃으며 말했다.
“자네도 알겠지만, 문파의 절기는 그 문파의 모든 것이나 다름없네. 그러니 어찌 그런 제안을 받아들이겠는가?”
문주님의 말이 맞다.
무가나 문파의 절기는 그들의 정신이자 힘이다.
“저, 이런 것을 여쭤봐도 되는지 모르겠습니다만…….”
“무언가?”
“대체 빚이 얼마입니까?”

내 물음에 그가 대답했다.

"은자 삼만 냥이네. 그런데 그간 이자가 불어서 오만 냥에 달하네."

와, 이런 날강도들.

"그래서…… 지금 상황이 조금 어렵다네."

아, 그래서 인정연 소저가 용봉비무회에 출전했던 건가.

당시 나는 바빠서 용봉비무회를 참관하지 못하고, 진호 형에게 듣기만 했었다.

그녀는 매우 비장했고, 처절하게 싸웠다고 했다.

문파가 존망의 기로에 선 만큼, 금전적인 후원이 절실했을 테니까.

그런데 문득, 의문이 들었다.

복윤 소단주는 백대상단 안에 드는 큰 상단인 광춘상단의 소단주다.

그런 그가 유성문의 상황에 대해 모르고 있을까?

"문주님, 혹시 이에 대해 제 친우에게 말씀하신 적이 있으십니까?"

내 물음에 그는 고개를 저었다.

"없네. 내 어찌 딸아이를 팔아 문파의 빚을 갚겠나?"

"……."

"그리고 사위의 도움을 받아 빚을 갚는다면 그 아이에게는 마음의 족쇄가 될 터. 이제 넉넉한 가문에서 행복하게 살 수 있게 되었는데, 내가 그 아이의 발목을 잡을 순 없네.”
음…….
복윤 소단주도 고민이겠네.
솔직히 은자 오만 냥 정도면 복윤 소단주가 살짝 무리하면 얼마든지 갚을 수 있다.
하지만 그 빚을 갚자니 장인의 체면이 걸리고, 그렇다고 그냥 보고 있자니 마음이 불편할 테니까.
“그건 그렇고, 저를 왜 보자고 하셨는지요?”
“아…….”
문주님이 어색하게 웃으셨다.
“어쩌다 보니 이야기가 딴 길로 새었군. 내가 자네를 이리 부른 이유는…… 내 딸을 잘 부탁한다고 말하기 위함이라네.”
그는 말을 이었다.
“혹시라도 뭔가 일이 생긴다면, 내 딸이 기댈 곳은 자네밖에 없으니까.”
“어찌 그리 말씀하십니까? 부인에게는 친정도 있지 않습니까?”
그는 고개를 살짝 저었다.
“왠지 우리 문파를 노리는 누군가가 있다는 기분이 들곤 한다네.”
감이 좋으시네.
이전 삶을 겪었기에 문주님의 예감이 정확하다는 것을 알 수 있었다.

"하여 자네에게 만약의 상황에서의 뒷일을 부탁하는 것일세."

그런데 이런 건, 복윤 소단주의 진우이긴 해도 거의 초면이나 마찬가지인 나에게 할 이야기는 아닌데.

나는 조심스레 말했다.

"문주님, 송구하지만 외인이나 다름없는 제게 너무 내밀한 것까지 밝히셔도 괜찮으십니까?"

문주님이 지그시 나를 바라보다가 대답했다.

"왠지 자네에게는 말하고 싶었다네. 그런데 이런 이야기를 사람들이 많은 곳에서 할 순 없지 않나? 하여 이리 오라고 했는데…… 하필 그자가 찾아오는 바람에 보이고 싶지 않은 모습을 보이고 말았군."

"괜찮습니다. 개의치 마십시오."

"고맙네. 그럼 이만 가 보게나."

하지만 나는 돌아가는 대신, 문주님에게 제안했다.

"문주님, 제가 돈을 빌려 드리겠습니다."

"그게 무슨 소리인가?"

"말 그대로입니다. 제가 돈을 빌려드리겠습니다."

대공상단 뒤에 무림맹이 있음이 분명하다.

이전 삶에서의 기억대로라면 유성문의 절기는 모용세가에 주어졌으니까.

충성의 대가겠지.

인정연 소저의 남편 될 사람은 모용세가의 둘째 공자.

그는 인성이 좋지 않았고, 능력도 좋지 않았다.

그런 이와의 결혼 생활이 행복할 수 있을 리가 없지.

내가 지금 본 문주님은 딸의 행복을 바라시는 분이다. 그런 분이 아무리 맹주의 주선이라고 해도 그런 개차반인 둘째에게 딸을 보내고 싶지 않으셨을 거다.

아니, 생각해 보니 맹주도 마음에 안 드네.

중매를 서도 왜 그런 개차반인 남자와 맺어 준 건지!

아무튼, 그럼에도 모용세가와 혼인으로 맺어지게 된 것은 그만큼 문파의 상황이 어려웠기 때문이었을 터.

미리 그 빚을 해결한다면 유성문의 절기를 노리는 올가미를 끊어 버릴 수 있다는 의미다.

"제게 돈을 빌려 그 빚을 갚으십시오."

"담보로 무엇을 원하는가?"

"제가 원하는 담보는 유성문의 평안입니다."

이해가 가지 않는다는 문주님의 표정에 나는 부드럽게 웃으며 말을 이었다.

"저는 복윤 소단주의 진우입니다. 그렇기에 복윤 소단주가 처가로 인해 근심하는 것을 보고 있을 순 없습니다. 부인의 집안이 평안하지 않은데 어느 사위가 행복할 수 있겠습니까?"

"……자네의 말도 맞네."

"그러니 제가 돈을 빌려드리겠다는 겁니다. 사위의 도움을 받는 게 부담스럽다고 했지만, 저는 외인이 아닙니까?"

"……."

"게다가 은자 오만 냥은 제게 그리 큰돈이 아닙니다.

그러니 부담 가지지 않으셔도 됩니다. 이자는 일 년에 은자 한 냥, 기간은 무제한. 어떻습니까?"

잠시 고민하던 그는 고개를 끄덕였다.

"너무나도 후한 조건이군."

"그리 후한 건 아닙니다. 매년 은자 한 냥씩 늘어나는 셈이니까요."

"그래도 은자 삼만 냥이 오만 냥이 되겠는가?"

……음, 할 말이 없네.

그때 시종이 찾아와 문주님께 속삭였다.

"잠시만 기다려 주게. 손님이 나를 찾는다는데, 금방 다녀오겠네."

그렇게 후원의 정자에는 나 혼자 남게 되었다.

음, 돈을 빌려 주기로 한 결정…… 잘한 결정이겠지.

그럴 만한 여유가 없는 것도 아니고.

"꾸이."

그때 금령이 내 소매에서 나왔다.

"음? 너도 후원 구경하고 싶어?"

"꾸이?"

금령은 내 소매에서 나왔고, 정자를 뽈뽈거리며 돌아다니기 시작했다.

그러다가 연못에 퐁당 들어갔다.

참, 왜 갑자기 물장난이야. 너 젖으면 닦아야 하잖아.

그렇게 푸념하며 손수건을 꺼냈다.

– 꾸이!

그런데 갑자기 금령에게서 전음이 들려왔다.

왜 갑자기 기뻐하지?

이 녀석이 기뻐하는 이유 중 가장 큰 이유는 값이 나가는 것을 봤을 때인데?

“금령이 나와 봐!”

“꾸이!”

금령이 물속에서 나왔다.

“안에 뭐 비싼 거 있어?”

“꾸이! 꾸이꾸이!”

금령은 꼬리를 살랑살랑 흔들며 설명했다. 그러니까 정자 아래에 뭔가가 있다고?

대체 뭐지?

정확히 뭔지는 모르지만, 금령이 비싼 거라고 했으니 유성문에 도움이 될 만한 거겠지.

“우선, 닦자.”

금령이 몸을 흔들어 먼저 물기를 털어 냈고, 내가 손수건으로 남은 물기를 닦아 주었다.

“우선 소매 안으로 들어가.”

“꾸이.”

금령이 소매 안으로 들어갔고, 곧 문주님이 다시 돌아오셨다.

“갑자기 자리를 비워서 미안하네.”

“아닙니다.”

“그럼 이야기를 계속해 보지.”

"그리 서두르지 않으셔도 될 듯합니다. 아직 친영례 연회가 끝나지 않았습니다. 또 손님들이 찾을 수도 있으니, 친영례를 마친 후 이야기를 마저 하시죠."

"그렇긴 하지."

나는 찻잔을 들고 자리에서 일어났다. 그리고 연못가로 향하며 말했다.

"그나저나 참으로 아름다운 후원입니다."

내 말에 문주님이 고개를 끄덕이며 자랑스러운 듯 말씀하셨다.

"현조부 대 만들어진 후원이라네. 벌써 백 년도 넘었지. 당시만 해도 우리 문파는 제법 잘나갔다네."

"지금도 충분히 유망한 문파입니다."

내 말에 고개를 저으며 말을 이었다.

"그리 말해 주는 건 고맙네만, 지금과는 천지 차이였네. 이 요녕에서 삼대 부호 중에 하나로 꼽힐 정도였으니까. 그런데…… 고조부께서 투자를 잘못하시는 바람에 가세가 확 기울었지."

"그랬군요."

"아무튼, 이 정원을 바라보고 있으면 조금이나마 근심이 사라진다네. 비록 날씨가 추워서 물이 녹아 있는 경우가 별로 없지만 말이야."

"그건 아쉽군요."

그리 대답하며 나는 일부러 들고 있던 찻잔을 연못에 빠트렸다.

퐁당!

"허! 이런! 죄송합니다."

"아니네. 괜찮네."

"들어가서 찾아오겠습니다. 저희 가문에서는 마시던 찻잔을 연못에 빠트렸을 때 찾지 못하면 혼인을 못 한다는 말이 있습니다."

물론 그런 말은 없지만, 내가 직접 연못에 들어가기 위해 급조한 거짓말이다.

아무 이유 없이 물 속으로 들어가면 이상하게 여길 테니까.

"그렇다면 하인을 불러 찾도록 하지."

"아닙니다. 이건 제가 직접 찾아야 합니다."

나는 겉옷을 벗고 연못으로 들어갔다. 예복을 입고 있지 않아서 다행이군.

그나저나 이거 팔갑이 잔소리 좀 하겠는데?

지금 팔갑과 내 호위들은 문밖에서 기다리고 있다. 이곳 후원은 내밀한 곳에 있어 허락받지 않은 자가 함부로 들어올 수 없으니까.

나는 금령에게 전음을 보냈다.

-금령아, 그래서 그 비싼 건 어디에 있는데?

꾸이!

금령이 소매 안에서 나와 나를 안내했다.

툭.

이내 손에 무언가 딱딱한 게 만져졌다.

이건, 상자인가?

어쨌든 찾았으니 이제 나가야겠군.

"저, 문주님. 여기 무언가 가라앉아 있습니다."

"무슨 말인가?"

나는 내 손에 잡힌 것을 그대로 들어 올렸다.

이 척 정도 되는 크기의 상자는 돌로 만들어져 꽤 무거웠다.

나는 그것을 건져와 정자 위에 올려놓았다.

"이게 무엇인지 짐작 가는 것이 있습니까?"

"전혀 모르겠네."

나는 손으로 상자 윗면의 이끼를 쓸어 보았다. 그러자 선명하게 나타나는 글자.

[유성문의 후손에게]

"제가 열어 보겠습니다."

내 물음에 그는 고개를 끄덕였고, 나는 조심스레 상자를 열어 보았다.

응? 이건…….

우리는 둘 다 말을 잃었다.

상자 안에서 찬란한 빛이 뿜어져 나오며 사방을 밝혔기 때문이다.

야명주다. 그것도 꽤나 최상급의.

돌로 만든 상자 안에 있던 야명주는 모두 다섯 개.

내가 일전에 낙양에서 발견했던 것보다 훨씬 크고 강하게 빛났다.

문주님은 내 손을 붙잡고는 연신 감사를 표했다.

“고맙네! 정말 고마워! 자네 덕분에 가문의 보물을 찾았네!”

“가문의 보물…… 입니까?”

내 물음에 문주님은 눈물을 글썽이며 고개를 끄덕이셨다.

“가문의 기록에 대대로 내려오는 야명주가 있다고 하는데, 아무도 발견하지 못했었네. 그게 여기에 있었다니!”

돌로 만든 상자에 넣어 정자 아래 연못 속에 둔 것을 보면, 작정하고 숨긴 듯하다.

게다가 뚜껑에 [유성문의 후손에게]라고 적어 놓기까지 했으니까.

문주님의 고조부가 투자를 잘못해서 세가 기울었다고 했지?

과거에 이 야명주조차 팔아 버릴까봐 겁이 난 누군가가 이걸 숨긴 건가?

사실, 물속에서 금보다 더 오래가는 게 야명주거든.

“이 야명주, 혹시 얼마쯤 하는지 감정 가능한가?”

“이 정도면 하나에 이만 냥쯤 합니다.”

“헉! 그, 그렇게 비싼가?”

"네. 사실 상인으로서는 일 할 정도 싸게 사야 하지만, 문주님께 어찌 그러겠습니까?"

나는 미소 지으며 말했다.

"채무 계약서를 쓰는 것을 미루어서 수고를 덜었습니다."

가격을 물으시는 것을 보니, 파실 의향이 있으시다는 의미겠지.

"은자 이만 냥에 매입해 드리겠습니다."

그나저나 이 야명주에 대해서 지난 삶에서 들은 기억이 없는 것을 보니 아무도 발견하지 못하고 그대로 묻힌 거겠지.

내 기억에 의하면 이 유성문이 멸문당하고 이곳의 모든 것이 폐허가 되었거든.

문주님께서는 야명주 다섯 개 중에 세 개를 나에게 파셨다.

하여 은자 육만 냥을 드렸다.

이걸로 문주님께서는 유성문을 옥죄는 올가미를 끊어 버릴 수 있게 되었다.

.

.

.

나는 당연하게도 팔갑에게 잔뜩 잔소리를 들었다.

"깔끔 떠는 도련님께서 직접 연못에 들어가신 건 그럴 만한 이유가 있으셨겠지만 말입니다요. 그래도…… 몸을 좀 챙기셨으면 합니다요.”

“알았어.”

“문주님을 만나러 가신 분이 다 젖어서 나오시는데, 얼마나 놀랐는지 아십니까요?”

“미안해.”

그리 잔소리하던 팔갑은 피식 웃었다.

“그래서, 연못에 들어가신 보람은 있었습니까요?”

“응. 당연하지.”

“그런데, 이 녀석은 왜 저러고 있는 겁니까요?”

팔갑이 가리킨 건 침상 위에서 금원보를 안고 데굴데굴 구르며 좋아하는 금령이다.

나는 피식 웃으며 말했다.

“그럴 만한 일을 해 줬거든.”

96장. 위험요소

위험요소

다음 날 아침.

우리는 유성문을 떠날 준비를 마쳤다.

어젯밤 나는 유성문의 야명주에 대한 값을 치렀고, 쇠뿔도 단김에 빼라고 문주님은 즉시 연회에 참석하고 있던 채권자를 불러 문파의 채무를 정리하셨다.

그래서인지 우리를 배웅하는 문주님의 얼굴은 무척이나 개운해 보였다.

"그럼, 저희는 이만 가 보겠습니다."

"바쁜 사람을 붙들고 있었군. 어서 가 보게나. 허허허."

"아버지. 어머니, 그리고 할머니. 저 갈게요."

"그래. 잘 가거라."

"몸조심하고, 시댁 어른들께도 잘하고."

"네."

그렇게 두 신혼부부와 가족들의 인사가 끝나고, 문주님의 시선이 나에게 향했다.

"내, 이 모든 은혜를 어찌 갚아야 할지 모르겠군. 정말 고맙네."

"은혜랄 것 없습니다."

"허허, 겸양이 과하군. 내 조카를 구해 준 데다가 우리 문파를 구해 주기까지 했거늘."

"모든 건 하늘이 유성문을 좋게 봤기 때문입니다."

"내 이 은혜는 반드시 갚겠네."

그렇게 우리는 유성문을 떠나 광준상단으로 돌아왔다.

나는 신혼부부와 헤어져 처소로 돌아와 침상에 드러누웠다.

피곤하네.

그래도 이제 친영례까지 끝났으니, 슬슬 북경으로 떠날 수 있겠군.

이때까지만 해도 나는 그렇게 생각했다.

.

.

.

다음 날 아침.

아침을 먹던 중 복윤 소단주의 시종이 찾아와 식사 후에 복 소단주의 처소로 와 줄 것을 요청했다.

나는 흔쾌히 승낙했다.

떠나기 전에 감사의 인사를 하려고 부르는 거겠지.

그리 생각하며 식사를 마치고는 복윤 소단주의 처소로 향했다.

"어서 오십시오."

"좋은 아침입니다."

그는 나에게 자리를 권했고, 나는 다탁 앞에 앉았다.

"차를……."

"아, 마셨습니다."

그런데, 나를 바라보는 복윤 소단주의 눈빛이 뭔가 이상했다.

뭔가…… 미안해하는 눈빛인데.

경험상 상대방이 저런 눈빛을 하면 항상 내게 피곤한 일이 생기곤 했다.

대체 뭐지?

"이번 혼례 때 제 진우가 되어 많은 수고를 해 주신 것에 대해 감사드리는 바입니다."

"아닙니다. 제가 소단주의 진우가 되어 영광입니다."

"이번 혼례를 축하해 주기 위하여 모용세가에서도 와 주셨습니다."

"그랬지요."

광준상단의 위상이 높은 만큼, 모용세가에서도 소가주가 왔었다.

"그래서 제가 모용세가에 답방을 하러 가야 합니다."

아, 그 일 때문이구나.

보통 상단의 주요 인물이 혼례를 치르면 그 지역의 대

표적인 문파에서 축하를 해 주는데, 그에 대한 감사를 표하러 답방을 하곤 한다.

앞으로도 잘 부탁한다, 잘 지내보자는 의미다.

법은 멀고 주먹은 가깝다고, 그런 문파들과 사이좋게 지내야 여차할 때 도움을 받을 수 있다.

그리고 "우리 친해요."라고 널리 널리 알려야 주변에서 괜히 건드리지도 않고.

"모용세가에 인사드리겠다고 전언을 보냈고, 답을 받았습니다. 하여 내일모레 출발하기로 했습니다만."

이제 본론이구나.

"모용세가에서 선협미랑과 이야기를 나누고 싶다며, 같이 보기를 청했습니다."

설마, 이번에 왔던 소가주가 내가 귀매장시에서 만났던 사이라는 것을 알아차리고 오라는 건 아니겠지?

그럴 리가.

그날 모용태걸 소가주와는 한마디도 하지 않았는데.

그냥 선협미랑이라는 내 명호 때문에 보자고 하는 것이겠지.

나는 한숨을 내쉬며 말했다.

"사실 내일 북경으로 떠날 생각이었는데, 이리되었으니 모용세가로 가야겠군요."

"양해해 주셔서 감사합니다. 그럼 준비하겠습니다."

나는 내 방으로 돌아와 팔갑과 호위무사들에게 모용세

가에 방문하기로 했다는 소식을 전해 주었다.

그러면 예정보다 이틀 시간이 남았군.

무엇을 할지 잠시 고민했지만, 답은 하나뿐이었다.

그간 부족했던 무공 수련에 집중하는 것.

호북으로 돌아가면 분명 사부님께서 내가 수련을 게을리했음을 알아차리실 텐데, 그건 안 되지.

그리고 목장에 맡겨 놓은 주강마도 보러 가야겠구나.

명색이 그 주강마들의 주인인데 가서 얼굴도 익히고 해야지.

.

.

.

모용세가로 출발할 날이 되었다.

나는 준비를 마치고 차장으로 향했고, 이미 도착해 있는 복윤 소단주와 인사를 나누었다.

"늦어서 미안합니다."

"아닙니다. 생각보다 일찍 오셨습니다. 저는 이것저것 챙겨야 할 게 있어서 일찍 온 것뿐입니다."

"제가 뭐 도와드릴 것이 있을까요?"

"편히 계셔도 괜찮습니다. 만약 도움이 필요하면 말씀드리겠습니다."

"알겠습니다."

하지만 출발할 때까지 내가 도와줄 일은 없었다. 광준상단 역시 백대상단 안에 속하는 상단인 만큼 체계가 잘

잡혀 있어 내가 손댈 것이 없었기 때문이다.
그렇게 우리는 선물을 가지고 모용세가로 출발했다.
모용세가는 유성문과 비슷하게 두 시진 정도의 거리에 있었다.
하지만 방향은 그 반대였다.
"어떻게 오셨습니까?"
문지기 중 하나가 달려와 우리에게 물었고, 복윤 소단주가 대답했다.
"오늘 방문하기로 한, 광준상단의 소단주 복윤이라고 합니다."
그 말에 문지기는 반색하며 인사했다.
"아! 기다리고 있었습니다. 그런데 함께 오시기로 하신 분 중에 은서호 대협도 계시다고 들었습니다만."
이에 내가 앞으로 나서며 말했다.
"제가 은서호입니다."
"아!"
그 문지기는 즉시 포권했다.
"대협을 뵙습니다."
"대협이라니요, 가당치도 않습니다."
"용봉비무회의 영웅이신 선협미랑에게 어찌 대협이라 칭하지 않을 수 있겠습니까?"
아…… 부담스럽다.
심히 부담스럽네.
무가는 무가라는 건지, 백대상단의 소단주가 감사를 표

하기 위해 방문했음에도 나를 더 반기는 듯했다.

"과찬이십니다. 그러면 안에 들어가도 되겠습니까?"

"물론입니다. 함께 오신 분들께서도 안으로 드십시오."

그렇게 우리는 안으로 안내되었고, 나는 복윤 소단주에게 작은 목소리로 말했다.

"제가 주목을 받게 되어 미안합니다."

내 말에 그는 고개를 저었다.

"아닙니다. 충분히 그럴 만합니다. 그리고 은 소단주가 주목을 받는 덕분에 제가 한숨 놓을 수 있어 얼마나 다행인지 모릅니다."

"네?"

"주목받으면, 쉬지를 못하지 않습니까?"

"아……."

"그리고 은 소단주와 같이 온 덕분에 우리가 이만큼 대접을 받는 것이기도 합니다. 역시 영웅 대접이 다르긴 하군요."

"아, 그렇군요."

그럼 미안해하지 않아도 되겠군.

우리는 곧바로 숙소로 안내되었다.

"가주님께는 지금 선객이 있습니다. 죄송하지만 여기서 잠시 쉬고 계시면 나중에 안내해 드리겠습니다."

"네."

우리를 숙소까지 안내해 준 이는 우리에게 하녀를 두 명씩 붙여 주었다.

보통 손님에게 사람을 몇 명이나 붙이느냐를 보면 그 대우를 알 수 있다.

각각 두 명씩이나 붙여 준 것을 보면 꽤 극진하게 대우하겠다는 의미.

끼이익.

우리에게는 별당 하나가 통째로 처소로 주어졌다.

꽤나 고급스럽게 잘 꾸며져 있었다.

사치스러운 물품으로 덕지덕지 꾸민 게 아니라 단아하고 정돈된 느낌으로 꾸몄다는 의미다.

음?

문 앞에 선 나는 뭔가 묘한 느낌을 받았다.

그건 문 앞에 섰을 때 방의 사각지대가 없다는 것이다.

역시 무가는 무가네.

혹시라도 무슨 상황이 벌어졌을 때 빠르게 대처하기 위함이겠지.

그리고 장애물도 최소화되어 있었는데, 이건 모용세가의 검이 쾌검을 추구하기 때문이겠지.

나도 쾌검을 사용해 봐서 아는데, 쾌검을 쓸 때 가장 중요한 건 장애물이다.

빠른 속도로 움직이는 만큼, 장애물이 있으면 본인이 다칠 가능성이 크거든.

그곳에서 잠시 쉬고 있자니, 하녀가 다가와 말했다.

"가주님께서 부르십니다."

나는 방을 나섰고, 막 방을 나온 복윤 소단주 내외와 마주쳤다.

"가시죠."

"네."

잠시 후, 우리는 접빈실에 도착했고 다과를 대접받았다.

음, 과자 맛있네.

흉년으로 인해 곡식이 귀해진 만큼, 과자 역시 이전보다 훨씬 귀해졌다.

그래도 모용세가는 그 위세가 위세인 만큼 과자에 인심이 후했다.

"가주님과 소가주님 드십니다."

그 말에 우리는 얼른 자리에서 일어났다. 그런데 방금 소가주도 들어온다고 한 거 같은데?

문이 열리며 한 중년인과 이전에도 마주했던 소가주가 들어왔다.

중년인에게서는 모든 것을 압도할 정도로 강맹한 내공이 느껴졌다.

나보다 살짝 높은 느낌이니 초절정이라고 보면 되겠지.

이 무림에 화경의 경지에 오른 무인들은 그리 많지 않다.

나는 소가주를 보며 속으로 피식 웃었다.

오랜만이네.

내 이전 삶에서의 인연이 있었기에 반가운 기분이 들었다.

하지만 반가운 마음만 있는 건 아니었다.

귀매장시에서 만났던 일이 있는 만큼, 혹시라도 나를 알아보지 않을까 하는 불안감도 있었다.

당시 내가 귀매장시에 있었다는 사실은 되도록 숨겨야 하는 일이니까.

"광준상단의 소단주 복윤입니다. 이리 뵙게 되어 영광입니다. 그리고 옆에는 이번에 제 부인이 된 유성문 문주의 장녀입니다."

"인정연입니다. 가주님과 소가주님을 뵙습니다."

"모용세가에 온 것을 환영하네."

모용세가의 가주님은 인사를 받아 주고는 내 쪽으로 고개를 돌렸다.

"은해상단의 소단주 은서호입니다. 가주님을 뵙습니다."

"오! 자네가 선협미랑이군!"

"과분한 이름입니다."

"하하하! 만나서 반갑네!"

가주님은 한층 더 밝은 표정으로 자신을 소개했다.

"나는 모용세가의 가주 모용진일세."

뒤를 이어 소가주가 자신을 소개했다.

"모용세가의 소가주 모용태걸입니다."

그렇게 인사를 나눈 우리는 자리에 앉았다.

복윤 소단주가 먼저 운을 띄웠다.

“이렇게 찾아뵌 것은 이번 저희의 혼례에 찾아와 축하해 주신 것에 감사를 표하고자 함입니다.”

“광준상단도 이 요녕의 기둥 중 하나인데 당연히 참석해야지. 내 직접 가지 못하고 소가주만 보낸 것에 미안하게 생각하네.”

“아닙니다! 소가주님께서 참석해서 축하해 주신 것만 해도 충분합니다.”

복윤 소단주가 말을 이었다.

“그리고 약소하지만 선물도 준비했습니다.”

“선물을?”

“네.”

그는 가지고 왔던 상자를 내밀며 말했다.

“북경의 공전이라는 장인이 만든 다기입니다.”

“오! 그 인기가 많아 구하기 힘들다는 다기가 아닌가? 감사히 받겠네.”

그는 퍽 만족스럽다는 듯, 다기가 들어 있는 상자를 옆으로 옮기고는 미소를 지었다.

“다시금 혼인을 축하하네. 그리고 앞으로도 본가는 광준상단을 대함에 있어 신뢰로 대하겠네.”

“감사드립니다. 저희 광준상단 역시 모용세가를 대함에 신뢰로 대하겠습니다.”

서로를 대함에 신뢰로 대한다.

그 말은 즉, 서로가 뒤통수를 치지 않는 한 우호적인 관계로 지낸다는 의미다.

그리고 이 정도가 딱 좋은 관계다.

사이가 소원해져도 문제지만, 더 가까워져도 그리 좋을 건 없다.

언제 무슨 일이 생길지 모르니까 언제든지 뒷걸음질할 수 있는 사이가 좋은 거다.

가주님이 이야기를 정리하고는 나를 보며 말했다.

"마침 그대가 광준상단에 있다길래 이리 청하게 되었네. 자네와 여유롭게 대화를 나누고 싶었거든. 갑작스럽겠지만, 이런 내 마음을 탓하지 말아 주게나."

"제가 어찌 가주님을 탓하겠습니까? 그저, 한낱 상인일 뿐인 저를 찾아 주신 것에 감사할 따름입니다."

"아니네! 그대는 상인이기는 하지만, 동시에 선협미랑이라 불리는 영웅이네."

"부끄럽습니다."

그렇게 나는 가주님과 이런저런 이야기를 나누었는데, 무공에 대한 이야기가 주를 이루었다.

"그 나이에 절정이라니! 참으로 놀라운 일이야."

나는 머쓱해하면서 속으로 웃었다.

아닙니다.

사실 저 초절정입니다.

역시 태음빙해신공 덕분인지 모용세가 가주는 내 경지를 알아차리지 못한 듯했다.

내가 초절정에 오른 건 되도록 숨길 생각이었기에 태연하게 말을 이었다.

"그만큼 극천검 대협의 천류빙검이 뛰어난 무공이기 때문입니다."

"허허. 물론 천류빙검이 뛰어난 무공이기는 하나, 그 무공을 익히는 사람의 자질이 더 중요하다네."

그러면서 나를 지그시 바라보셨다.

설마 내 체질에 대해 알아보신 건 아니겠지?

"그럼 자네의 내공은 음기의 내공이겠군. 천류빙검이 음기의 무공이니 말이야."

"그렇습니다."

"자네의 체질이 그 무공과 잘 맞아서 빠르게 성장한 것도 있는 듯하네."

그렇게 대화는 끊임없이 이어졌는데, 가주님의 관심은 오롯이 내게 집중되어 있었다.

후, 아까 복윤 소단주가 했던 말이 이런 의미였나?

주목받으면 쉬지 못한다는 말.

저기, 가주님. 이만 가서 쉬면 안 될까요? 지금 대화를 시작한 지 한 시진이나 지났습니다.

나는 초인적인 인내력을 발휘했고, 한 시진 반 동안의 대화를 버텨 냈다.

그리고 내 처소로 돌아왔다.

털썩.

나는 침상에 드러누우며 한숨을 내쉬었다.
“아, 진짜 힘들었어.”
“지금까지 이야기를 나누신 겁니까요?”
“응.”
“무슨 할 말이 그리 많으신 겁니까요?”
“내가 할 말이 많은 게 아니라, 그쪽이 할 말이 많으셨던 거야.”
팔갑이 나를 바라보는 눈빛이 어째 안쓰럽다는 표정이다.
그때였다.
“주군.”
밖에서 서우 무사의 목소리가 들렸다.
“소가주께서 주군을 뵙자고 합니다.”
“지금?”
“네.”
한 시진 반이나 내 목소리를 들었으니, 귀매장시에서 만났던 자가 나라는 것을 알아차린 모양이다.
뭐, 그건 그렇다 치고…….
피곤하고 힘들어 죽겠는데 꼭 지금 불러야 하나?
결국, 나는 지친 몸을 이끌고 밖으로 나갔다.
객이 된 입장에서 주인집 아들이 부르는데 안 갈 수가 없으니까.
방문을 열고 나가자 시종이 나에게 포권했다.
“모시겠습니다.”

"네."
그 시종을 따라 도착한 곳은 접빈실이 아니었다.
"여긴?"
"모용세가의 정원 중에 하나로, 임밀원이라 불리는 곳입니다."
임밀원(林密園).
빼빽한 나무라는 의미처럼, 정말 나무가 빽빽하게 심겨 있었다.
"이렇게 나무가 많은 정원은 처음입니다."
사천당가의 보만림 역시 나무가 많긴 했지만, 솔직히 거긴 정원이라고 할 수 없으니까.
내 감탄에 시종이 고개를 끄덕였다.
"그럴 수밖에 없습니다. 이 정원에는 목적이 있기 때문입니다."
"비밀스러운 이야기를 하기 위함입니까?"
내 물음에 그는 고개를 끄덕였다.
"맞습니다. 소리가 외부로 나가지 않도록 수많은 나무를 심어 놓았습니다."
"하지만 나무가 빽빽한 만큼, 누군가 몰래 숨어서 이야기를 엿듣는 것도 가능하지 않겠습니까?"
"물론 그런 우려가 있긴 합니다만, 엿들은 이야기를 가지고 살아서 나갈 수 있을까요?"
"네?"
"혹시 몰라 말씀드립니다만, 이곳은 함부로 들어올 수

없는 곳입니다. 곳곳에 진법들이 설치되어 있어 영원히 미로를 헤매게 만듭니다."

"무서운 곳이군요."

그런 대화를 나누며 우리는 임밀원 심부로 향했다.

우리가 도착하자, 소가주 모용태걸이 자리에서 일어나 나를 맞이했다.

"어서 오십시오."

"이런 멋진 곳에 초대해 주셔서 감사합니다."

"편히 앉으십시오."

그가 자리를 권했고, 나는 자리에 앉았다.

이렇게 서로를 마주 보고 있자니, 왠지 이전 삶이 떠올랐다.

솔직히 피곤해서 좀 투덜거리긴 했지만…….

그래도 이렇게 얼굴을 마주하니 반갑긴 하네.

"제가 대협을 이곳으로 모신 이유는…… 이미 짐작하고 계시리라 생각합니다."

이곳까지 오면서 시종에게 들은 이야기 덕분에 확신했다.

우리가 귀매장시에서 만났던 일을 다른 누군가가 알아서 좋을 게 없으니까.

"오늘, 접빈실에서 대협을 마주했을 때 깜짝 놀랐습니다."

"목소리로 알아차리셨습니까?"

"네. 그리 말씀하시는 것을 보니 역시, 대협께서 그때 마주했던 본인이 맞으시군요!"

나는 고개를 끄덕였다.

이 정도까지 눈치챘는데, 아니라고 할 순 없는 일이니까.

"아……."

그는 자리에서 벌떡 일어나 나에게 포권하여 깊숙이 고개를 숙였다.

"다시 한번 감사드립니다. 그때 저에게 은혜를 베풀어주지 않으셨다면 저는……."

"소가주의 직위를 잃었겠지요."

"네, 맞습니다."

"그래서, 그 검이 어째서 그 험한 곳까지 흘러갔는지는 파악하셨습니까?"

"……."

내 말에 그는 입술을 깨물었다.

검이 사라진 연유에 대해 파악했다는 의미겠지.

내가 그 검을 되찾도록 도와준 이상, 그 검이 사라진 일은 모용태걸에게 약이 될 거다.

그로 인해 경각심이라는 것을 가지게 되었으니까.

이런 곳의 후계자가 경각심이 없다면 그건 쥐도 새도 모르게 당할 수도 있다는 의미니까.

"누구의 소행인지는 말씀하시기 어렵나 보군요."

"그렇습니다."

"쯧쯧."

그는 내가 혀를 차는 모습을 보며 고개를 갸웃했다.

"왜 그러십니까?"

"아직 멀었습니다. 그리 본인을 감추지 못해서 어떻게 이 큰 가문을 이끌어 나갈 수 있겠습니까? 아니, 그 전에 그 자리를 뺏길 가능성이 큽니다."

"그게 무슨 소리입니까?"

"방금 제가 '그 검이 어째서 그 험한 곳까지 흘러갔는지 파악했는지'에 대해 물었습니다. 그리고 대답하지 않으셨죠."

"예. 그게 왜?"

"무언은 긍정의 의미입니다. 또한 누구의 소행인지는 말씀하시기 어렵냐는 말에도 그렇다고 했죠."

"그러니까 그게 뭐가 문제입니까?"

"그렇게 반응하면 그 범인이 가족이라는 것을 자백하는 것이나 다름없습니다."

"……!"

내 말에 그의 눈이 커졌다.

"그리고 제가 나쁜 마음을 먹었다면 이를 통해 소가주를 이용하려 했을 겁니다."

"……."

"무가의 사람이라면 언제나 당당하고 거침없는 그런 태도가 중요하긴 합니다. 하지만 무가를 이끄는 사람이 된다면 생각 없이 당당하고 거침없는 태도만으로는 그 가문을 말아먹을 수 있습니다."

나는 말을 이었다.

"세상은 뱀들의 세상이며, 그 뱀들의 속내를 파악해서 간계에 당하지 않기 위해서는 그 자신도 뱀이 되어야 하기 때문입니다."

"허!"

내 말에 그는 크게 깨달은 표정이 되었다.

동생에 의해 소가주의 자리에서 쫓겨날 뻔했음을 알아차린 지금이니 내 조언이 더더욱 가슴에 와 닿겠지.

내가 그에게 이런 조언을 건넨 이유는 이전 삶의 기억 때문이다.

"지금 생각해 보면 참 후회되는 것이 있습니다."

"후회라…… 원래 삶이라는 것이 후회의 연속 아닙니까?"

"맞습니다. 하지만 그 후회 중에서도 특히나 후회되는 게 있기 마련이죠. 저 같은 경우는 소싯적에 너무 멍청하게 살았다는 겁니다."

"대주님을 보면 오히려 총명한 편이라고 생각합니다만?"

"그런 뜻이 아닙니다. 제가 너무 순진했다는 뜻이죠. 나를 물어뜯기 위해 수단과 방법을 가리지 않았던 승냥이들을 상대로 정정당당하게 승부하려고 했던 게 후회된다는 겁니다. 누군가의 위에 서려면 그래서는 안 되는데."

이번에는 그런 후회를 하지 않았으면 하는 거다.

그리고 내가 그에게 조언을 하는 이유는 이전 삶의 인연 때문만이 아니라, 셋째인 모용성걸이 모용세가를 차지하는 것을 막기 위함이기도 했다.

내 목적은 무림맹과 백천상단에 대한 복수다.

당연히 무림맹의 세력이 강해지는 것을 막아야지.

그는 나를 보며 진지하게 물었다.

"그럼 저는 어찌 행동해야 하는 겁니까?"

"이후로는, 공짜가 아닙니다."

"네?"

"공짜로 배우는 건 의미가 없다고 봅니다만."

내 말에 그는 품에서 주머니를 꺼내 탁자 위에 올려놓았다.

"이 정도면 됩니까? 현재 제가 가지고 있는 돈 전부입니다."

나는 주머니를 열어 보았다.

그리고 그 안에서 은자 세 개를 꺼냈고, 나머지는 돌려주었다.

이를 본 그가 의아해하며 물었다.

"정말, 그걸로 됩니까?"

"당연히 아닙니다."

나는 고개를 저었다.

"이건 그냥, 일종의 계약금입니다. 만약 저에게 배운 것이 도움이 된다면 훗날 원하시는 만큼 저에게 베풀어 주시면 됩니다."

"그건 어렵지 않습니다."

"너무 가볍게 생각하지 마십시오. 이게 제법 큰 족쇄가 될 수도 있으니까요. 그래도 배우시겠습니까?"

"부탁드립니다."

그 굳은 눈빛에 나는 고개를 끄덕였다.

좋아, 배우는 자세가 되었군.

그나저나…… 이번에도 사서 고생을 하네.

모용태걸 소가주에게 조언을 하고 가르쳐 주겠다고 제안을 한 건 나잖아?

자승자박이 따로 없군.

피곤해 죽겠는데.

"왜 우십니까?"

"아, 눈에 뭐가 들어갔나 봅니다."

.

.

.

내가 숙소로 배정받은 별당에 돌아왔을 때, 시간은 이미 아침을 먹을 시간이었다.

"지금 들어오신 겁니까요?"

팔갑의 말에 나는 고개를 끄덕였다.

"제법 심도 있는 이야기를 나누셨나 봅니다요."

"뭐, 심도가 있다면 심도 있는 이야기겠지."

나는 단호하게 말했다.

"오늘은 운기조식만 하고 씻고 잘 거야. 그리고 아침은 안 먹을 거니까 깨우지 말고."

"알겠습니다요."

푹 자고 일어나니 어느새 해가 뉘엿뉘엿 기울고 있었다.

"아, 개운하네."

그런 나를 본 팔갑이 웃으며 물었다.

"그리 좋으십니까요?"

"그럼! 이렇게 푹 잔 경우가 별로 없잖아."

그러고 보니 신기하긴 하네.

요 몇 년간 이렇게까지 푹 잔 적이 거의 없다.

경지가 높아지면서 작은 기척만 느껴져도 잠에서 깨곤 하니까.

"이제 기침하셨으면 연회에 참석하실 준비를 하셔야 합니다요."

"연회? 아!"

나는 그제야 기억을 떠올렸다.

원래 어제 환영 연회를 열어야 했는데, 가주님이 바쁘신 관계로 환영 연회를 오늘로 미뤘다는 것을.

"어서 일어나 씻으셔야 합니다요."

"알겠어. 바로 씻으러 갈게."

자리에서 일어나 씻으러 간 나는 거울에 비치는 모습을 보며 감탄했다.

역시 수면의 힘은 위대하구나!

얼굴에 반질반질 윤기가 흐르고 있었다.

.

.

.

저녁이 되었다.

나와 복윤 소단주 내외는 하녀의 안내를 받아 연회장으로 향했다.

자리에 앉아 있던 모용세가의 일원들이 일어나 우리를 맞이해 주었다.

자리에서 일어난다는 건 환영과 존경의 표시.

"어서 오시게나."

복윤 소단주가 포권하여 감사를 표했다.

"이런 자리에 초대해 주셔서 감사합니다."

"무얼 이 정도를 가지고. 내 더 좋은 상을 차려 주고 싶었는데, 그러지 못해 미안하네."

"아닙니다. 이런 시기에 이 정도면 차고도 넘칠 정도입니다."

"이해해 줘서 고맙네. 그럼 우리 가족을 소개해 주지."

가주님께서는 소가주를 비롯하여 아들과 딸들을 소개해 주셨다.

첫째이자 소가주 모용태걸.

둘째이자 장녀 모용연걸.

셋째이자 차남 모용준걸.

넷째이자 삼남 모용성걸.

그렇게 자녀가 총 네 명이다. 그리고 부인이 두 명인데, 차남과 넷째 아들이 둘째 부인의 소생인 듯했다.

나는 그들을 한 명씩 바라보았다.

셋째인 차남 모용준걸이 이전 삶에서 인정연 부인의 남편이 되었던 자다.

그는 모용성걸의 눈치를 보고 있었다.

모용성걸은 날카로운 눈빛으로 우리를 보고 있었다.

분명 우리를 어떻게 이용할지, 이 상황을 어떻게 이용할지 고민하고 있을 터.

장녀인 모용연걸은 나를 보며 얼굴을 붉히고 있었고.

우리도 각자를 소개했다.

"그럼 앉지."

"네."

우리는 자리에 앉았고, 식사를 시작했다.

각자의 속내는 어떤지 모르지만, 연회는 제법 화기애애했다.

하지만 나에 대한 주목도가 높고, 화기애애하다다는 건 내게 말을 거는 사람이 많다는 의미.

특히 나에게 말을 많이 건 자는 모용성걸이다.

뭐가 그리 궁금한 게 많은지.

그런데 사람의 입은 하나다.

그 말은 즉, 대화를 하다 보면 음식을 별로 많이 먹지 못한다는 의미다.

오늘 아침도 건너뛰고 점심도 건너뛰는 바람에 배가 고픈 상황에서 자꾸 나에게 말을 거니, 식사를 제대로 할 수 있어야지.

이야기도 좋지만, 연회니까 좀 먹고 마시는 것도 해야 하지 않나?

그래서 슬슬 짜증이 올라오던 중.

"저는 선협미랑 대협의 활약에 대해 들으면서 저 역시 그런 영웅이 되고 싶다는 생각을 했습니다. 그래서 그런데 선협미랑에게 영웅의 검에 대해 배우고 싶습니다."

말은 번지르르하지만, 모용준걸의 말은 결국 나와 한판 붙고 싶다는 의미다.

그 말뜻을 눈치챈 가주님이 점잖게 타이르셨다.

"허어, 그게 무슨 말이더냐?"

"아버지. 모용세가의 무인으로서 영웅의 검이 궁금한 건 당연하지 않습니까? 아버지도 궁금하시잖아요."

"흠, 흠흠."

하아, 이것도 저 모용성걸 자식의 농간이다.

조금 전에 모용성걸이 모용준걸에게 속삭이는 것을 봤다.

그들은 내가 듣지 못했을 거라 생각했겠지만, 너무 잘 들렸다.

나와 한번 붙어 보라고, 나를 이기면 영웅이 될 수 있다면서.

저런 말도 안 되는 꼬드김에 넘어가는 저놈도 참 멍청

하다.
저렇게 돌려서 비무를 요청하는 것도 모용성걸이 알려 준 것이다.
나는 작게 한숨을 내쉬며 가주님을 보았다.
그는 눈을 빛내고 있었다.
가주님도 궁금하신 모양이네.
가뜩이나 밥도 제대로 못 먹게 해서 짜증 났는데 잘 되었다.
나는 자리에서 일어났다.
"그리 말씀하시는데 제가 어찌 거절하겠습니까? 상대가 되어 드리지요."
내가 그리 말하자 가주가 미안하다는 듯 말했다.
"내 아들의 철없는 청을 들어주다니! 정말 고맙네."
거참 눈빛이라도 좀 관리하시지요.
지금 엄청 기대하고 있다는 눈빛을 하고 계시면서.
탕! 탕! 탕!
가주님은 식탁을 세 번 치셨다.
"연무장을 개방하라."
"네!"
그 즉시, 우리가 식사하던 공간의 한쪽 문이 활짝 열렸고, 비무대가 보였다.
와……
연회장 옆에 비무대라니!
진짜 무가는 무가네.

나와 모용준걸은 그 비무대로 올라가 서로 마주 보고 섰다.
와우, 바닥이 흑강목이네?
무공에 진심인 무가답다.
가주님이 말씀하셨다.
"그럼 규칙을 설명하겠네. 바닥을 보면 하얀색으로 선이 있을 것이네. 그 선을 넘어가면 패배이네."
아, 장외도 있구나.
"그 밖에 방법은 무림맹의 비무와 같네."
"알겠습니다."
"그럼 시작하지."
나는 모용준걸에게 말했다.
"선공을 양보해 드리겠습니다."
내 말에 그는 고개를 저었다.
"필요 없습니다."
그 말에 나는 눈을 끔뻑할 수밖에 없었다.
대체 무슨 배짱이지?
그의 경지는 겨우 이류 정도.
명문세가의 자제가 저 나이에 이류라면 진짜 둔재인 거다.
어지간하면 일류에는 올라야 하는데 말이지.
나는 한숨을 내쉬었다.
"뭔가 착각하시는 듯합니다만, 제가 선공을 양보해 드리는 건 그래도 명색이 비무이니 검이라도 휘둘러 보시라는 의미입니다."

"저를 모욕하지 마십시오! 제가 검도 휘두르지 못하는 그런 얼간이로 보이십니까?"

나는 가주님을 흘깃 보았다.

머리에 손을 짚고 고개를 저으시더니, 이내 나를 보며 고개를 끄덕이셨다.

알아서 하라는 의미겠지.

"좋습니다."

나는 내공을 끌어 올리며 모용준걸을 싸늘하게 노려보았다.

"헉!"

그는 내 살기조차 견디지 못하고 손을 덜덜 떨었다.

그리고 이내 검을 떨어트리고 말았다.

챙그랑.

나는 그를 향해 한 걸음, 한 걸음 다가갔다.

그는 두려워하는 얼굴로 뒷걸음질 치다가 결국 하얀 선을 넘었다.

그럴 줄 알았지.

"후."

나는 내공을 갈무리하며 말했다.

"좀 더 정진하십시오."

"제, 젠장!"

그때였다.

드륵.

누군가 일어나는 소리에 고개를 돌렸다.
"나와 한 번 붙어 보지."
아, 아니. 가주님! 가주님께서는 왜 또 그러십니까?
내가 당황한 사이 복윤 소단주가 나서서 항의했다.
"가주님! 그게 무슨 말씀이십니까? 누가 봐도 은 소단주가 질 것이 뻔한 비무입니다. 크게 다치기라도 하면 어찌하려고 그러십니까?"
"내가 그 정도로 손이 맵지는 않네."
소가주 모용태걸 역시 가주님을 만류했다.
"아버지, 아무리 봐주시면서 비무를 한다고 해도 은 소단주가 상대가 될 리 없지 않습니까?"
나는 가주를 보았다.
무척이나 흥미가 돋는다는 표정.
마치 장난감을 마주한 아이와 같은 표정이다. 이거 내가 장난감이라는 건 아니겠지?
좀 곤란하네.
가주님은 초절정의 무인.
내 내공의 특성 때문에 겉으로는 내 경지가 드러나지 않는다.
하지만 비무를 하게 된다면 알아차릴 가능성이 높다.
그러니까 가주님, 고정하시지요.
"가주님, 저 역시 검을 쓰는 자로서 가주님과 비무를 한다는 것은 귀중한 경험이 될 겁니다. 하나, 소상은 담이 약하여 가주님과 검을 맞대면 혼절할 수도 있습니다.

부디 말씀을 거두어 주십시오."

그때 모용성걸이 나섰다.

"아버지, 저렇게까지 말하는데 아버지와 비무를 한다는 건 저 대협에게 큰 부담이 될 것입니다."

그는 말을 이었다.

"하지만 아버지께서 비무를 청하셨는데 그냥 물러나는 것도 체면이 상하는 일이니, 큰형님이 아버지를 대신하는 것은 어떻겠습니까?"

현재 모용태걸 소가주의 경지는 일류.

절정으로 알려진 나에게 진다는 건 분명한 일이다. 그래, 분명한 일이지.

그런 상황에서 현재 내가 기분이 좋을 리가 없으니 당연히 모용준걸을 상대한 것처럼…….

그래, 그래서였군.

모용성걸 이 자식, 이게 노림수였구나!

나는 속으로 피식 웃었다.

방금 모용준걸을 제압하는 모습을 보고 모용태걸에게도 그런 모습을 보여 주길 원하는 것이겠지.

이런 무가에서 그런 추태는 꽤 심각한 비웃음거리가 된다.

그런데, 여기서 모용성걸이 하나 착각하고 있는 것이 있다.

그건 내가 모용준걸을 기세만으로 제압한 건 딱히 배고픈데 밥을 먹지 못하게 방해받는 상황이 짜증 나서 그런 건 아니다.

아무리 내가 천류빙검을 익히고 있다는 사실이 알려졌어도, 모용성걸에게 내가 검을 쓰는 모습을 보여 주고 싶지 않았기 때문이다.

아까 그에게서 진한 흑도의 기운을 느꼈다.

그렇다면 이미 무림맹과 관계가 있다고 봐야겠지.

다른 사람이라면 흑도를 끌어들여서 무언가를 하고 있다고 생각할 수도 있지만, 그는 이전 삶에서 무림맹과 깊은 관계를 가졌던 자니까.

즉, 무림맹의 도움을 받아 가문을 장악하기 위한 계획을 진행 중이라는 의미다.

검을 분실해서 모용태걸 소가주가 곤란에 처했던 게 그 증거.

그런 만큼 그에게 내 실력을 보여 줘서 좋을 건 없다.

게다가 상인이란 사흘을 굶어도 이문 앞에서 냉정해질 수 있어야 하는 법이다.

그런데 고작 두 끼 굶었다고 냉정해지지 못해서야 되겠어?

그리 생각하며 가주님을 본 순간 나도 모르게 흠칫했다.

저 눈빛은 뭐지?

하지만 그 눈빛은 내 착각이라는 듯 순식간에 사라졌다.

나는 슬쩍 모용태걸 소가주 쪽을 보았다.

마침 그도 무언가 생각을 했는지 한 걸음 나서며 말했다.

"아버지, 이왕 이리된 거 저희 모든 남매가 선협미랑 대협께 한 수 배우는 것이 어떻겠습니까?"

"너희 모두가 말이냐?"

"네. 셋째도 지긴 했지만, 꽤 큰 도움이 되었을 겁니다."

"일리가 있다. 비록 검 한 번 휘두르지 못했어도, 그 기세를 대면하는 것만으로도 배우는 게 있었겠지."

그 말에 모용태걸이 고개를 푹 숙였다.

"그래서입니다. 그런 기회를 저와 준걸이만 얻는 건 불공평하다고 생각됩니다. 하여 연걸이와 성걸이에게도 그런 기회가 주어졌으면 합니다."

그는 나를 향해 포권했다.

"그러니, 부디 저희 남매와 겨루어 주십시오."

제법이네.

열심히 수업해 준 보람이 있다.

내가 그랬지.

뭔가 곤란한 일을 자신이 하게 되었을 때 상대방도 끌어들이라고.

하필 그 대상이 나라는 게 좀 귀찮지만, 어쩔 수 없지.

가주님과 겨루는 것보다는 나으니까.

게다가 모용성걸의 당황한 모습을 보는 것도 마음에 들었고.

"아버……."

모용성걸이 뭐라고 하려고 했지만, 가주님의 말이 먼저였다.

"그거 좋은 생각이구나."

그는 내게 부탁했다.

"내, 이 아이들의 아버지로서 이리 부탁하네. 부디 경험을 쌓을 수 있도록 해 주게나."

"알겠습니다. 가주님의 부탁, 받아들이겠습니다."

순순히 승낙했다. 이 부탁마저 거절하면 관계가 껄끄러워질 것 같으니까.

"고맙네. 그럼 누가 먼저……."

나는 얼른 말을 이었다.

"가장 맛있는 걸 먼저 먹는 것도 나쁘지 않지만, 지금은 나중으로 남겨두는 것이 더 나을 듯합니다."

"그 말은 대협이 볼 때 소가주의 무공이 제일 낫다는 것이겠지?"

"전 그리 생각합니다."

"좋네, 좋아! 그럼 막내부터 시작하지. 막내가 셋째보다는 무재가 뛰어나니, 제법 즐거운 시간일 거네."

그 말에 모용성걸은 기대된다는 표정을 지으며 비무대로 나왔다.

그거 억지로 지은 표정인 거 다 압니다.

"그럼, 한 수 부탁드립니다."

"선공을 양보해 드리겠습니다."

"감사합니다."

선공을 양보한다는 건 삼 초식을 양보한다는 의미.

모용성걸은 선공 양보를 받아들였다.

내가 검을 뽑아 기수식을 취하자마자, 그가 내게 달려들었다.

모용세가의 검은 쾌검.

검 끝이 바람을 가르며 나에게 날아왔다.

"헉!"

복윤 소단주가 헛숨을 들이켜는 것이 들렸다. 순식간에 내가 모용성걸의 검에 찔릴 것 같이 보이겠지.

하지만 그뿐이다.

그의 검은 내 몸으로부터 일 장 거리에 멈춰 더 이상 다가오지 못했다.

"으윽!"

그는 낭패한 표정을 짓더니 검을 회수했고, 다시 나를 향해 검을 횡으로 그었다.

그러나 그 공격 역시 내 호신강기에 막혔다.

"히익!"

그는 검을 회수하고는 뒤로 살짝 물러났다가 내공을 끌어 올리며 검을 찔러 왔다.

"……!"

내공을 더 끌어 쓴다고 해 봤자 일류 수준으로는 내 호신강기를 뚫을 수 없지.

"삼 초식이 끝났습니다."

모용태걸이 지금의 이 상황을 만든 이유는 분명했다. 모용성걸의 위신을 깎아 달라는 거겠지.

나는 내공에 살기를 담아 그를 노려보았다.

"헉!"

그 살기를 정면으로 받은 그는 새파랗게 질린 채 덜덜 떨었다.

나는 가주님이 눈치채지 못하게 은밀히 더 살기를 집중시켰다.

털썩.

결국, 그는 더 이상 버티지 못하고 그 자리에 주저앉고 말았다.

그리고…….

아이고, 엉덩이가 많이 축축하겠네.

무인에게 가장 큰 치욕이 뭘까?

이 질문에 많은 답이 있겠지만, 가족들이 보는 앞에서 비무를 하다가 볼썽사나운 꼴을 보이는 게 아닐까?

이거 제법 수치스럽겠네.

내 짐작대로 그는 몸을 부들부들 떨며 고개도 제대로 들지 못했다.

아! 속 시원해!

힐끔 보니, 모용태걸 소가주 역시 뭔가 시원하다는 표정이다.

기억하십시오. 제가 그쪽 원수를 대신 갚아 주었습니다. 그러니 이 값은 나중에 톡톡히 받아 낼 겁니다.

"그만 하면 됐다. 이제 일어나거라."

가주님의 말에 모용성걸은 아무 말도 못 했다.

"……."

"허! 허리가 풀린 것이냐? 얼마나 수련을 게을리했으면……."

"……."

뭔가 이상하다는 것을 알아차리셨는지 자리에서 일어나 가까이 다가오셨다.

"어디 부상이라도 있는……."

가주님은 말을 더 잇지 못했고, 모용성걸은 부끄러워하며 고개를 숙였다.

나는 얼른 포권했다.

"정말 송구합니다. 모용준걸 공자보다 무재가 뛰어나다고 하여 기세를 좀 강하게 하였는데 제가 지나쳤던 모양입니다."

"험, 아니네. 이 녀석이 못난 탓이지."

그러고는 못마땅해하는 눈빛으로 모용성걸을 내려다보았다.

"에잉! 거기 누구 있느냐? 이 녀석을 처소까지 데려다주도록 해라."

"네!"

본인의 힘으로 일어날 수 없어 보인 듯, 가주님은 그리 명했다.

그러자 시종과 하인들이 후다닥 들어와 그를 부축하여

연회장을 나섰다.

그리고 다른 하인들이 들어와 연무장을 정비했다.

그 사이, 연회장 안에는 정적이 흘렀다.

대화 없이 그저 조심스럽게 눈치를 보거나 조용히 음식을 먹을 뿐.

덕분에 나 역시 음식을 편하게 먹을 수 있었다.

이윽고 연무장 정비가 끝나자, 가주님이 헛기침을 하며 말했다.

"험험, 그럼 이제 연결이와 비무를 해 주게나."

"네. 그리하겠습니다."

그 말에 모용연결 소저가 자리에서 일어났다. 아까는 내 얼굴을 보고 얼굴을 붉히더니…… 지금은 긴장한 표정이다.

그도 그렇겠지.

앞서 남동생 두 명이 그런 꼴을 당했으니까.

하지만 나는 먼저 건드리지 않으면, 나 역시 얌전히 있는 편이다.

하여 이번에는 기세도, 살기도 내보이지 않았다.

"그럼, 시작하겠습니다."

"네."

"선공을 양보해 드릴까요?"

내 물음에 그녀는 고개를 끄덕였고, 우리는 기수식을 취했다.

그리고,

"하앗!"

기합과 함께 그녀는 나를 향해 검을 내질렀다.

역시 쾌검.

나는 몸을 틀어 그녀의 검을 피했다.

빠르기가 제법이네.

삼 초식을 양보한다는 건, 삼 초식 동안 회피 혹은 방어만 할 수 있다는 의미다.

그녀의 검이 검로를 바꾸어 내 목을 노렸다.

챙!

나는 즉시 검을 들어 그녀의 검을 막았고, 그녀는 튕겨나간 검을 회수하여 내 배를 향해 검을 찔러 왔다.

나는 몸을 비틀어 간단히 그 공격을 피하며 말했다.

"삼 초가 끝났습니다. 그럼 이제 제 차례입니다."

나는 검을 들어 그녀의 어깨를 노렸고, 그녀는 침착하게 내 검을 막으며 뒤로 물러났다.

하지만 나는 그녀가 물러나는 것을 기다려 주지 않았다.

천류빙공에도 쾌검의 초식이 있으니까.

척!

순식간에 내 검 끝이 그녀의 어깨에 닿았다.

우리 사이의 격차가 현격한 만큼, 순식간에 승패가 갈렸다.

"졌습니다."

그녀는 패배를 인정했고, 나는 검을 거두며 말했다.

"제법 빠르시군요."
"그, 그런가요?"
"네. 그리고 제 사견이긴 하지만, 소저께서는 검보다는 도가 잘 맞을 것 같습니다."
"네?"
내게 칭찬받아 좋아하던 그녀의 눈이 동그래졌다.
"공격하고자 마음을 먹고 이를 실행하기까지 무척이나 빠르십니다."
대부분은 공격하고자 마음먹는 순간 즉시 움직이는 것이 힘들다.
그렇기에 상대방이 그 살기를 알아차리고 방어가 가능한 거다.
"그리고 이를 가장 잘 살릴 수 있는 것은 검이 아니라 도입니다."
내가 그리 말한 건 방금 내가 확인한 그녀의 실력 때문만은 아니다.
이전 삶에서의 그녀에 대해 알고 있기 때문이다.
모용세가의 가주님은 그녀를 위해 데릴사위를 들였고, 그녀는 가문의 무력대의 대주를 맡았다.
즉, 그녀의 실력이 대주를 맡을 정도는 되었다는 의미다.
그녀에게 붙은 명호는 무영도화(無影刀花).
그림자가 없을 정도로 빠르게 움직인다는 의미다.
명호가 도화라는 건 도를 쓴다는 건데 검을 사용하고

있어 의아했었다.

그 말은 즉, 무기를 바꿨다는 말이다.

진호 형과 같은 경우다.

형도 검을 익히다가 창으로 바꾸면서 실력이 급격히 발전했으니까.

"하하하하!"

내 말에 가주님이 호탕하게 웃으셨다.

"역시 선협미랑! 그 무위만큼이나 눈썰미도 좋군!"

가주님은 나를 칭찬하고는 고개를 돌려 모용연걸 소저에게 말씀하셨다.

"내 누누이 말하지 않았느냐? 너는 도가 잘 맞는다고."

"하지만 검이 더 멋지잖아요."

나는 힐끔 그녀의 검을 보았다.

화려한 장식.

나는 그녀가 말한, 검이 더 멋지다는 말을 이해할 수 있었다.

검은 주로 찌르기 위주로 사용하며, 공격을 시작하기 전부터 검집에서 검을 뽑기에 검집에 화려한 장식을 하는 게 가능했다.

그게 싸움에 영향을 주지 않으니까.

하지만 도는 달랐다.

도는 검을 평상시에 보관하는 역할만 하는 것이 아니라, 그 자체가 가속도를 내는 역할도 한다.

그러다 보니 최대한 전투에 방해가 되면 안 됐고, 당연히 화려한 장식도 힘들었다.

나는 그녀에게 말했다.

"제 사견이지만, 진짜 멋있는 건 화려한 검을 차고 다니는 것이 아니라 뛰어난 실력으로 소저를 아래로 보는 이들을 깨부수는 게 아닐까요?"

"네?"

"그리고 실력이 받쳐주지 않는다면, 화려한 무기는 사치에 불과할 겁니다."

내 말에 가주님이 흡족한 표정으로 고개를 주억거렸다.

"맞는 말이군. 연걸이는 대협의 말을 깊게 새겨듣거라."

"네. 아버지."

그 표정을 보니 조만간 도를 사용하게 되겠군.

"마지막으로, 네 차례구나."

가주님은 자신 옆에 앉아 있는 모용태걸 소가주를 바라보셨다.

"네. 아버지."

그는 자리에서 일어나 비무대 위로 올라왔다.

"잘 부탁드립니다."

"저야말로."

그렇게 우리는 대련을 시작했다.

이번 대련의 목적이, 모용성걸의 위신을 깎아 내리고 모용태걸의 위신을 세우기 위함인 만큼 그와 진지하게 비무를 해 주었다.

그리고 이 자리에 모용성걸도 없으니, 이 자리에서 내 실력을 조금 보인다고 해도 걸리는 건 없다.

"절정인 저를 이 정도까지 몰아붙이다니! 역시 대단하십니다."

"과찬이십니다."

"장하다! 역시 나를 닮아 무재가 뛰어나구나! 하하하!"

모용태걸 소가주에 대한 가주님의 평가가 꽤 올라간 듯했다.

이 정도 도움을 줬으면 이제 남은 일은 모용태걸 소가주의 몫.

그나저나 모용성걸이 순순히 당하고만 있지는 않을 테고 그 복수의 대상에 나 역시 포함되어 있겠지.

그가 어떻게 나오려나 궁금했다.

그런데 왜 기대가 되지?

* * *

쾅!

모용성걸은 벽을 향해 주먹을 내질렀다.

주르륵.

손에서 피가 흘러내렸지만, 그는 이를 느끼지 못한 듯 다시 벽을 향해 주먹을 내질렀다.

콰앙!

"젠장! 젠장! 젠자앙! 감히 나에게 그런 모욕을 줘?"
그가 울분을 참지 못하고 다시 벽을 향해 주먹을 내지르려는데, 시종이 그를 조심스럽게 불렀다.
"저기, 도련님."
"뭐야?"
"그쪽 벽이 돌이라서…… 피 나십니다."
"으아아악!"
그제야 고통을 느낀 모용성걸이 주먹을 부여잡으며 비명을 내질렀다.
"빨리 의원, 의원 불러!"
"그 전에 옷부터 갈아입으셔야 합니다. 의원이 그 모습을 봤다가는……."
"이익……! 뭐 하고 있어! 당장 목욕물 받아!"
"네네! 알겠습니다!"
그리고 시종이 받아 놓은 목욕물에 몸을 담근 모용성걸은 입술을 깨물었다.

몇 년 전 그에게 은밀하게 접근한 이들이 있었다.
그들은 자신에게 모용세가의 가주가 되게 해 주겠다는 제안을 했다.
그래서 일단 그들과 거래를 해 왔지만, 그간의 결과는 신통치 않았다.

"확실한 증거를 보여 주십시오. 그대들의 능력을 알아

야 막내인 내가 가주가 될 수 있다는 확신이 생기고, 그래야 계속 거래할 수 있을 것 같습니다."

그의 선언에 그들이 고민하다가 말했다.

"우선, 모용태걸 소가주를 소가주의 자리에서 쫓아내드리지요."

"대체 무슨 수로?"

"소가주에 대한 신뢰로 하사받은 검, 아경(峨暻). 그걸 분실한다면 어찌 되겠습니까?"

그는 그 제안을 받아들였고, 그들은 아경을 훔쳐내는 데 성공했다.

아경이 사라진 것을 알아차린 모용태걸은 안절부절못했고, 그 모습을 아주 재밌게 지켜봤다.

그리고 가문의 중진들이 모인 공식적인 자리에서 이를 밝혔다.

그러나 상황은 예상치 못한 쪽으로 전개됐다.

"대체 왜 성걸이가 그런 착각을 하는지 모르겠지만, 아경이라면 당연히 잘 보관하고 있습니다. 조부님께서 주신 소중한 검이 아닙니까?"

그리고 처소에서 가지고 온 검은 분명 아경이었다.

있을 수 없는 일이다.

분명 그들이 아경을 빼돌려서 그걸 귀매장시에 넘겼다고 했는데.

이에 대해 그들에게 항의하자 그들이 오히려 더 난처해했다.

"그, 그건, 일이 잘 풀리지 않은 것뿐입니다. 다음에는 실수가 없을 겁니다."

"다시 한번 실수한다면, 나는 그대들을 신뢰하지 않을 것입니다."

"알겠습니다. 이번에 모용세가에 방문하는 이들 중에 은서호라는 인물이 있다고 하더군요. 그자의 정확한 실력을 알아봐 주십시오."

그 요청을 받아 이번 일을 꾸몄다.

아버지는 초절정의 무인.

그런 만큼 절정으로 알려진 은서호의 실력을 알아볼 수 있을 거라 생각해서 모용준걸을 부추겼다.

그의 예상대로 짜증이 쌓인 은서호는 모용준걸을 순식간에 제압해 버렸다.

이에 아버지가 직접 나서서 검을 섞게 되는 건 당연한 수순이었다.

가주인 아버지가 은서호의 검을 궁금해하도록 그동안 열심히 부추겼으니까.

말보다 행동이 먼저인 아버지다.

은서호가 제대로 검술을 보여 주지 않았으니, 이를 직접 확인하고자 비무를 청하는 건 당연한 수순.

그런데…….

뿌득!

소가주인 모용태걸 때문에 자신의 계획이 전부 틀어져 버렸다.

'대체 어찌 된 거지? 하룻밤 사이에 사람이 바뀐 것 같잖아?'

그전까지만 해도 표정과 말에서 모든 것이 드러나는 투명한 사람이었다.

그래서 속내를 알기 좋았다.

하지만 오늘은 그 표정과 말에서 무언가를 알기 힘들었다.

게다가 자신의 공격을 절묘하게 이용해서 상황을 본인에게 유리하게 만들기까지.

그를 쫓아내고 소가주가 되려는 자신의 원대한 계획에 금이 가는 느낌이었다.

그리고 오늘 은서호와의 비무에서 자신도 모르게 자리에 주저앉아 오줌을 지렸을 때…….

자신의 원대한 계획이 바사삭 부서져 내렸다.

아버지와 어머니의 실망스럽다는 표정은 아직도 뇌리에서 지워지지 않았다.

게다가 가솔들 사이에서 퍼질 소문을 생각하면…….

그는 자신에게 모욕감을 준 이들을 향해 복수의 칼날을 갈았다.

목욕을 끝낸 그가 옷을 갈아입을 때 시종이 말했다.

"도련님, 방금 들은 이야기인데 어젯밤 소가주님과 선협미랑 대협이 임밀원에서 만났다고 합니다."

"임밀원에서?"

"네. 둘 사이에 모종의 거래가 오간 것이 아니겠습니까? 즉, 오늘 선협미랑이 도련님께 망신을 준 것이 의도된 일이라고 봅니다."

"그래, 그렇게 된 것이군."

그는 이를 갈며 곰곰이 고민하다가 묘책을 떠올렸다.

* * *

연회는 제법 늦은 시간이 되어서야 끝이 났다.

모용세가의 가주는 연회에 참석한 가족들과 함께 내처로 이동하는 중이었다.

하지만 둘째 부인과 모용준걸과 모용성걸은 함께 하지 않았다.

모용성걸은 돌아오지 않았고, 둘째 부인과 모용준걸은 그를 위로해 주겠다고 먼저 일어났기 때문이다.

모두 조용히 걷던 중, 가주가 입을 열었다.

"연걸아."

"네, 아버지."

"선협미랑에 대해 어찌 생각하느냐?"

"네?"

모용연결은 놀란 눈으로 되물었다.

"아버지가 무엇을 여쭙는지 소녀는 잘 모르겠습니다."

"네 부군으로 어떠냐는 말이다."

그 물음에 삽시간에 그녀의 얼굴이 빨개졌고, 고개를 푹 숙였다.

그 반응에 가주는 껄껄 웃었다.

"너도 싫지는 않은 모양이로구나!"

가주는 기분 좋은 표정으로 말을 이었다.

"확실히 제법이더구나. 자신을 곤란하게 하려는 자에게는 응징을, 그렇지 않은 이들에게는 자비를 베푸는 모습이 그야말로 참된 협객의 모습이었다."

초절정의 무인인 그가 두 아들이 속닥이는 소리를 듣지 못했을 리가 없다.

'쯧쯧. 절정무사의 감각에 대해 모르니 그런 짓을 벌였겠지.'

하여 작당모의를 한 두 아들을 상대로는 기세만으로 제압했으며, 특히 모용성걸에게는 볼썽사나운 모습까지 보이게 만들었다.

하지만 장남과 장녀를 상대할 땐 달랐다.

진심으로 상대했으니까.

게다가 장녀에게는 그녀에게 맞는 무기까지 추천해 주기까지 했다.

"우리는 선협미랑에게 없는 무림의 뒷배가 되어 줄 수 있으니, 그에게도 나쁜 제안은 아닐 것이다."

그 말에 모용태걸이 조심스럽게 자신의 견해를 밝혔다.

"물론 그렇긴 합니다만, 그래도 본인의 의사는 물어보고 일을 진행하셔야 한다고 생각합니다."

"그건 당연하지. 그래서 너는 어찌 생각하느냐?"

"저 역시 나쁘지 않은 이야기라고 생각합니다."

"그럼, 내일 네가 한 번 의사를 물어보도록 해라. 임밀원에서 만난 사이인 만큼 이에 대해 묻기 어색하지 않을 것이니."

가주는 이미 장남과 은서호의 만남에 대해 알고 있었다.

모용태걸은 가주가 그 사실을 알고 있음에 당황하지 않고, 그저 선선히 고개를 끄덕였다.

"알겠습니다."

가주는 모용태걸을 보며 속으로 흐뭇한 미소를 지었다.

이전과 다르게 작은 새끼 구렁이를 보는 듯한 모습.

그래서 뭔가 안심되었다.

장남인 데다가 무공에 대한 재능이 가장 뛰어나서 소가주로 삼았기는 했지만, 영 불안하기 짝이 없었다.

무림은 구렁이가 득실거리는 뱀굴.

그런 뱀굴에서 살아남는 건 같은 뱀이다.

하지만 그가 보는 장남은 마치 뱀굴에 잘못 들어간 개구리였다.

그래서 지금까지 고민하고 있었는데…… 오늘 연회에서 놀라운 모습을 보여 줬다.

그동안 넷째의 장단에 어울려 준 자신을 부드럽게 만류하며 넷째까지 끌어들인 것.

'성장했구나! 장하구나!'

그리고 그런 장남의 성장에 은서호가 관련되어 있다는 것을 알기에 더 고마워하는 것.

사실 이미 넷째가 수상한 무리들과 관계를 맺고 있다는 것을 알고 있었다.

그들이 노리는 것이 무엇인지 알아내기 위해 넷째의 장단에 맞춰 주는 것일 뿐.

모용진.

그 역시 구렁이였으니까.

* * *

다음 날.

나는 운기조식을 하고 방 안에서 조용히 수련을 했다.

그리고 아침을 먹은 후, 복윤 소단주와 같이 차를 마셨다.

그가 나를 보며 감탄을 내뱉었다.

"어제 저녁에는 많이 놀랐습니다."

"무슨 뜻입니까?"

"회합에서 저를 구해 주셨을 때 대단하다는 것은 알아차렸습니다만, 어제 모용세가의 네 소룡들과의 비무에서는 전율하고 말았습니다."

나는 뒷목을 긁적였다.

"그렇게까지 띄워 주지 않으셔도 됩니다."

"앞으로 무림과 곤란한 일이 생기면 은 소단주께 도움을 청해야겠습니다."

"저 제법 비쌉니다."

"비싸도 비싼 값은 하실 거 아닙니까? 그런데 제 진우이기도 한데 좀 싸게는 안 됩니까?"

"친할수록 계산은 정확해야 하는 거 아시면서 그러십니까? 하하하."

우리는 그렇게 가볍게 뼈 있는 이야기를 주고받고는 다시금 차를 마셨다.

복윤 소단주가 진지한 표정을 지었다.

"은 소단주의 경지가 절정이라고 들었습니다. 그 정도면 무림에서도 제법 좋은 대접을 받을 수 있지 않습니까? 그런데 어째서 상단에 남아 계시는 겁니까?"

복 소단주 정도라면 궁금할 만한 부분.

하지만 내 대답은 지극히 간단했다.

"그건 제가 상인이기 때문입니다."

"네?"

"저는 돈이 좋습니다. 아시다시피 백도 무림인이 돈을

밝히면 욕먹습니다."

"음, 그렇긴 합니다."

그래서 무림맹에서 직접 장사를 하는 게 아니라 백천상단이라는 상단을 만들어 돈을 버는 것이지.

그러면서 고고한 척은…… 쳇.

자신들도 돈을 좋아하면서, 상인들이 돈을 밝힌다고 욕하는 걸 보면 기도 안 찬다.

"그리고 제 능력을 십분 발휘할 수 있는 곳 역시 상계입니다."

내 말에 그는 고개를 끄덕였다.

그도 내 활약에 대해 많이 들었을 테니까.

"여러 가지 이유가 있지만, 가장 큰 이유는 아까 말했다시피……."

나는 미소 지으며 엄지로 나를 가리켰다.

"제가 상인이기 때문입니다. 상인이 상단에 있는 건 당연한 것 아닙니까?"

내 말에 복윤 소단주는 웃음을 터트렸다.

"하하하하! 맞는 말입니다. 우문에 현답입니다!"

우리는 서로 이런저런 대화를 나누었다.

누군가 그랬던가?

목적지까지 가장 빠르게 가는 방법은, 마음이 맞는 사람과 함께 가는 거라고.

물론 시간상으로는 맞는 말이라고 할 수 없지만, 체감상으로 느끼는 시간은 금방 가지.

나는 지금 그와 비슷한 것을 느끼고 있다.
복윤 소단주가 마음이 맞는 친우라서 그런지 순식간에 점심을 먹을 시간이 되었으니까.
그렇게 점심을 먹으며 이후의 일정에 대해 논의했다.
"그럼, 내일 아침에 출발하는 것으로 하겠습니다."
"알겠습니다. 저는 광준상단에서 그다음 날 바로 떠나겠습니다. 일정이 바빠서 그런 것이니 양해 부탁드립니다."
"물론입니다. 이미 저 때문에 시간을 많이 쓰셨으니까요."

점심을 먹은 후.
잠시 주변을 거닐고 있을 때, 누군가 나를 찾아왔다.
"저는 모용태걸 소가주님을 모시고 있는 호위무사입니다. 소가주님께서 찾으십니다."
"저를 말입니까?"
"네."
하지만 왠지 그는 살짝 불안해 보였다. 왜지?
게다가 이전에 데리러 왔던 시종이 아니라, 갑자기 호위무사가 왔다는 것도 좀 이상한데?
나는 곧 무슨 상황인지 알아차렸다.
나를 찾는 이가 모용태걸 소가주가 아니라는 것을.
모용성걸이 어제 연회에서 망신 준 것에 대한 복수를 하려는 거구나!

언제쯤 수작질을 걸어올지 기다리고 있었는데, 생각보다 빠르네.

바로 다음 날 이리 나올 줄이야.

함정인 걸 안다면 가지 말아야겠지만, 나를 보는 눈이 많았다.

소가주의 청을 거절하면 곤란해지니 일부러 보는 눈이 많을 때를 노리는 건가?

"알겠습니다."

나는 자리에서 일어나 그를 따라 걸었다.

그가 나를 안내한 곳은 저번에 와 봤던 임밀원이었다.

"여기서부터는 초대된 분만 출입할 수 있습니다."

나는 뒤를 돌아보며 호위무사들에게 말했다.

"잠시 기다리고 계세요."

"알겠습니다."

나는 나를 안내한 호위무사의 안내를 받으며 임밀원 안으로 들어갔다.

저벅, 저벅.

조금 걷던 그가 갑자기 당황한 목소리로 내게 말했다.

"아! 그러고 보니 소가주께서 가지고 오라고 하신 것을 잊었습니다. 먼저 가 계십시오."

"네?"

"저번에도 와 보셨다고 들었습니다. 낙엽이 치워진 곳만 따라가시면 됩니다."

이곳은 출입을 위한 길이 확실하게 표시가 났다.

오직 출입로에만 낙엽이 없었으니까.

"알겠습니다."

나는 순순히 고개를 끄덕였고, 그 무사는 후다닥 그곳을 벗어났다.

나는 고개를 갸웃하며 낙엽이 없는 길을 따라 걸었다.

그나저나 대체 무슨 방법으로 나를 골탕 먹이려고 그러지?

그런 고민을 하며 심부에 도착했지만, 아무도 없었다.

뭐, 기다리고 있으라고 했으니까 앉아 있어도 되겠지.

앉아서 생각해 보니 뭔가 이상하다는 것을 깨달았다. 그건 이전에 걸었던 길과는 조금 다르다는 것이었다.

올 때 직선이었던 길이 조금 휘어져 있었으니까.

이거 설마……?

전에 나를 안내했던 시종의 말이 떠올랐다.

"곳곳에 진법들이 설치되어 있어 영원히 미로를 헤매게 만듭니다."

나는 온몸에 소름이 돋았다.

허, 뭐야? 그럼 지금 나를 일부러 진법에 빠트리려고 길이 아닌 곳을 길로 속였던 거야?

이곳에 아무도 없던 이유도 알았다. 내가 진법에 빠져 이곳에 오지 못하는데 이곳에서 기다릴 이유가 없지.

모용성걸, 생각보다 질이 나쁜 놈이었네.

결심했다.

이왕 이리된 거 확실하게 보내 버리기로.

그런데…… 이상하네?

내가 이곳까지 무사하게 왔다는 건 진법이 발동하지 않았다는 건데.

진법이 있었나?

곰곰이 생각하던 나는 이전의 일을 떠올렸다.

진호 형이 운남성에 갔다가 실종되었던 일.

그 원인은 은무검이 만든 무출무산(無出霧山) 현상 때문이었다.

당시 일행들이 모두 그 현상에 속아 제대로 된 길을 찾지 못했는데, 나만이 속지 않고 바른 길을 찾았었다.

그리고 그게 내가 익힌 무공과 체질 때문이라는 것을 나중에 알게 되었고.

태음빙해신공은 어떤 미혹에도 빠지지 않게 하는 공능이 있었고, 현룡성체라는 내 체질은 주변의 것들이 정신에 영향을 미치는 것을 배제한다.

무출무산과 마찬가지로 진법 역시 주변 사물의 배치를 통해 자연을 비틀어 오감을 속이는 것이다.

그렇기에 땅에서 바다에 빠진 것과 같은 환각을 보고, 또한 같은 곳을 계속해서 맴도는 것이다.

하지만 진법이 내 오감에 간섭하지 못하니, 나는 아무런 이상도 느끼지 못하고 제대로 온 것이다.

이거, 좋은데?

그건 그렇고, 어떻게 보내 버려야 완전히 보내 버릴 수 있을까?

이런 수작은 반드시 갚아 줘야 직성이 풀리거든.

* * *

모용태걸은 은서호의 처소로 향했다.

전날 밤 그의 아버지가 은서호에게 그의 누이동생과의 혼담에 대해 이야기를 해 보라고 하셨기 때문이다.

"지금 선협미랑 대협과 이야기를 나눌 수 있겠습니까?"

그의 물음에 시종 팔갑이 두 눈을 깜박였다.

"얼레? 그게 무슨 소리입니까요?"

"무슨 소리냐니? 그게 무슨 소리입니까?"

"아까 한 무사가 와서 소가주님께서 저희 도련님을 불러오라고 했다고 해서 가셨습니다요."

"네?"

그는 당황했다.

"저는 그런 명을 내린 적이 없습니다. 그러니 제가 이렇게 직접 온 것 아니겠습니까?"

"네? 그럼 도련님을 부른 분이 대체 누구란 말씀입니까요?"

그는 심각한 표정을 지었다.

"무슨 일이 생긴 것 같군요. 혹시 어디로 가셨는지 아십니까?"
"예. 임밀원으로 가셨습니다요. 제가 방금 그곳에서 오는 길입니다요."

모용태걸은 즉시 임밀원으로 향했고, 그 입구에 서 있는 두 무사를 볼 수 있었다.
"혹시 선협미랑 대협이 안으로 들어가서 여기에서 대기하고 있는 겁니까?"
"네, 그렇습니다."
"들어가신 지 한 시진 정도 되었는데…… 안에서 기다리고 계시던 것이 아니었습니까?"
그 물음에 모용태걸은 입술을 깨물었다.
"나는 누군가에게 지시하여 선협미랑 대협을 부른 적이 없습니다."
"네?"
"그럼 대체 아까 그 무사는 왜 그런 거짓말을!"
"그 무사도 안에 있습니까?"
"아닙니다. 소가주님의 심부름이라면서 임밀원을 나와 저곳으로 향했습니다."
"어떻게 생긴 자였습니까?"
그 물음에 두 호위무사는 자신들이 본 무사에 대해 설명했다.
모용태걸은 자신의 호위무사에게 물었다.
"그런 무사가 있었습니까?"

그 물음에 호위무사가 미간을 찌푸렸다.

“본 적이 없는 듯한데…… 설명만으로 확신할 수는 없습니다.”

그때 모용태걸의 뇌리에 무언가 스치고 지나갔고, 그는 즉시 호위무사에게 명했다.

“소가주의 이름으로 명합니다! 지금 즉시, 본가의 모든 출입구를 봉쇄하세요!”

“명을 받듭니다!”

그리고 모용태걸은 홀로 임밀원 안으로 들어갔다.

은서호를 속여서 이곳으로 부른 게 누구인지 알 것 같았으니까.

‘성걸아…… 너 왜 자꾸 이러는 거냐?’

아마 임밀원으로 은서호를 부른 건, 임밀원에 있는 것을 이용해 그를 곤란에 빠트리려는 속셈일 터.

임밀원에 있는 것은 바로 진법이다.

그곳의 진법은 누군가를 직접적으로 해하지는 않지만, 누군가가 꺼내 주지 않는 이상 계속해서 같은 자리를 맴돌게 한다.

게다가 시간의 흐름도 비틀어 하루가 일 년처럼 느끼게 만드는, 악질적인 진법이다.

그 진법에서 자력으로 벗어나기 위해서는 생로를 밟아 나오든지 아니면 진법을 부수어야 가능했다.

하지만 생로를 찾는 것은 매우 까다로웠고, 진법을 부수는 것은 화경의 경지나 되어야 가능하다.

벌써 은서호가 들어간 지 한 시진이 넘었다고 했으니, 제법 고초를 당하고 있을 터.

서둘러 진법에서 꺼내 줘야 했다.

심부로 향하던 그는 모용성걸이 무슨 수작을 부렸는지 깨달았다.

직선으로 형성된 출입로를 일부러 휘어지게 해서 진법을 밟게 만든 것이다.

외부인이라면 위화감을 눈치채지 못하고 그대로 진법을 밟을 수밖에 없었다.

"젠장!"

진법을 잠시 멈추게 하기 위해서는 심부로 향해야 했기에 그는 낮게 욕설을 내뱉으며 심부로 향했다.

그런데…….

심부에 도착한 그는 당황할 수밖에 없었다.

"쿨……."

"……."

진법을 헤매며 고초를 당하고 있을 거라 생각했던 은서호가 심부에서 곤히 잠들어 있던 것이다.

* * *

응?

갑자기 누군가 달려오는 소리가 들려 나는 눈을 뜨고 고개를 들었다.

모용태걸 소가주가 당황한 표정으로 나를 보고 있었다.

헉, 이런…….

자는 거 들켰군.

나를 해코지하려는 모용성걸을 어떻게 보내 버릴까 고민하며 대강의 계획을 세운 나는 한 가지를 깨달았다.

이 임밀원은 웬만해서는 아무도 오지 않는다는 것이다.

즉, 사람들의 방해를 받지 않고 쉴 수 있는 곳이라는 의미.

어차피 내가 세운 계획도 소가주가 이곳에 와야 진행되는 것이 만큼 내가 이곳에서 혼자 뭘 하겠는가?

그렇다고 수련을 하기에도 좀 그렇고.

칠월임에도 이곳의 기후 때문인지, 나무 그늘 때문인지 잠자기에 딱 좋은 온도.

그래서 긴 의자에 드러누워 낮잠을 즐기고 있었는데, 생각보다 모용태걸 소가주가 금방 온 것.

나는 잠들지 않았던 것처럼 자연스럽게 몸을 일으켰다.

사실 이렇게 느긋하게 잠든 것도, 나를 찾으러 올 사람이 소가주뿐이라는 것을 알고 있었기 때문이다.

나는 반가운 표정으로 그에게 말했다.

"생각보다 일찍 오셨군요."

"이게 어찌 된 일입니까?"

"뭐가 말입니까?"

"이곳의 진법으로 인해 고초를 겪고 계실 거라고 생각했습니다. 그런데……."

나는 씨익 웃으며 말했다.

"제게도 나름의 수가 있습니다. 무엇인지는 말씀드리기 어렵지만, 어쨌든 무사합니다."

"아무튼, 정말 다행입니다. 그리고 대신 사과드립니다."

나는 고개를 숙이려는 그를 제지했다.

"아닙니다. 소가주께서 잘못한 것이 아닌데 왜 소가주께서 사과하십니까?"

"제 아우 역시 모용세가의 사람이고, 저는 모용세가의 소가주가 아닙니까."

"그 정도면 손윗사람의 보살핌을 벗어난 나이입니다. 그리고 스스로 판단하여 이런 짓을 저질렀으니, 책임 역시 스스로 져야 하는 겁니다."

내 말에 그는 한숨을 내쉬며 고개를 끄덕였다.

"후, 그렇긴 하군요."

그가 말을 이었다.

"우선 여기 들어오기 전에 본가의 출입을 통제시켰습니다. 대협을 여기까지 안내해 준 무사가 도주할 수도 있으니까요."

사실 그가 도주한다고 해도 나에게는 금령이가 있으니 얼마든지 찾을 수 있기에 이곳에 가만히 있던 것.

그런데 모용태걸 소가주가 그런 조치를 해 주었다니,

수고를 덜었네.

"저를 위해 그리해 주셨다니, 정말 감사합니다."

나는 그에게 포권하고는 진지한 얼굴로 물었다.

"전에 그 보검을 잃어버린 것. 모용성걸 공자의 짓 맞습니까?"

내 물음에 그는 움찔했다.

"제가 감정을 쉽게 드러내지 말라고 했을 텐데요."

"죄송합니다. 저도 모르게 당황해서……."

나는 담담히 말을 이었다.

"제가 봤을 때 모용성걸 공자는 헛꿈을 꾸고 있습니다. 꿈을 꾸는 거야 괜찮은데, 그로 인해 주변 사람들이 피해를 보는 게 문제입니다."

이전 삶에서 그 피해자 중의 하나가 모용태걸 소가주다. 이번 삶에서도 그럴 뻔했고.

아마 가주 역시 피해자 중 하나였을 터.

갑자기 모용성걸에게 가주 자리를 물려준 것을 보면 말이지.

"결국, 그로 인해 모용세가까지 그에게 휘둘린다면 참으로 개탄스러운 일이 아닐 수 없을 겁니다."

"……."

"저는 모용성걸 공자에게 외부 세력이 줄을 대고 있을 거라 봅니다."

그렇지 않고서야 그 보검을 귀매장시에 넘길 수 있을까?

귀매장시에 물건을 팔기 위해 등록하는 데는 꽤 까다로운 절차가 필요하다.

그렇기에 귀매장시가 명성이 높은 거고, 그게 귀매장시를 운영하는 자들의 자존심이기도 했다.

소가주의 반응을 보니, 그것도 이미 알고 있었던 것 같다.

아마 보검의 행방을 수소문하면서 알게 되었겠지.

그러니 내 말을 허투루 넘길 수 없을 거다.

“외부의 세력이 모용세가를 우습게 보는 지금의 현실에 분노하지 않는다면 소가주께서는 소가주의 자격은 물론, 모용세가의 사람이라는 자격 역시 없는 겁니다.”

내 말에 그는 주먹을 꽉 쥐며 말했다.

“저 역시 분노하고 있습니다! 하지만 마땅한 방법이 없어서…….”

“방법이라……. 그나저나, 생각보다 빨리 오셨군요.”

모용태걸 소가주가 잠시 망설이다가 자초지종을 설명했다.

“사실, 어젯밤에 아버지께서 대협을 찾아가 의향을 여쭤보라고 해서 찾았습니다.”

“의향이라니, 어떤 의향을 말하는 겁니까?”

“제 누이동생과의 혼인입니다.”

“쿨럭!”

아, 갑자기 그게 무슨 아닌 밤중에 물벼락이야!

“괜찮으십니까?”

"아, 네. 괜찮습니다. 그리고 말씀은 감사하지만 사실 제가 마음에 둔 소저가 있어서……."

"그러시군요. 실례가 많았습니다."

나는 방금 그가 말했던 말에서 한 가지 실마리를 얻었다.

"가주님께서 저를 찾아가라고 하신 것을 다른 이들도 압니까?"

"아닙니다. 저와 연결이만 압니다. 아, 제 어머니도 아시는군요."

오호라, 모용성걸은 모른다는 말이지.

하긴 그러니까 이런 방법을 썼겠지만.

그게 결국 그를 옭아맬 올가미가 될 거다.

"좋은 방법이 떠올랐습니다."

* * *

모용성걸은 자신의 방으로 들어오는 시종에게 물었다.

"그래, 어찌 되었느냐?"

"계획대로 은서호 공자가 임밀원 안으로 들어갔습니다. 출입로인 줄 알고 가다가 진법에 빠질 것이 자명합니다."

"흐흐흐, 고생 꽤나 하겠군."

"그런데 저희의 지시를 받은 무사가, 전부 도련님께서 시킨 일이라는 것을 밝히면 어찌 합니까?"

"증거가 있나?"
"없습니다."
"그래. 그리고 이미 내가 대가로 준 돈을 가지고 도망쳤을 텐데 걱정도 많구나. 그리고 그는 절대 함부로 입을 열지 못한다."
"제가 너무 예민했던 것 같습니다."
"그리고 형님이 그를 불렀다는 것을 들은 이들이 있으니, 형님이 범인으로 몰리겠지."
시종은 그 말에도 걱정스러운 표정으로 물었다.
"맞는 말씀입니다만…… 그럴 만한 동기가 없지 않습니까?"
"동기? 전에 임밀원에서 만난 사이라면 뭔가 둘이서 일을 꾸몄을 거다. 그 일이 틀어져서 그리했다고 몰아가면 되는 일이지."
그는 말을 이었다.
"그러니 그들에게 가서 지원을 요청해. 두 명을 확실하게 묶어 버릴 수 있는 증거를 조작해 달라고."
"알겠습니다."
그때였다.
뭔가 밖이 소란스러워졌고, 이에 무슨 일인가 싶어 시종이 밖으로 나갔다.
그리고 곧 황망한 표정이 되어 들어왔다.
"무슨 일이냐?"
"크, 큰일입니다!"

"뭐가 말이냐?"

"은서호 공자가…… 임밀원에서 혼수상태로 발견되었다고 합니다."

"뭐?"

그냥 조금 고생하다가 나올 거라고 생각했는데 혼수상태라니!

"은서호 공자가 임밀원으로 불려 갔다는 진술에 따라 임밀원 사용 권한이 있는 분들의 별당이 봉쇄됐다고 합니다. 그래서 저희 별당도 봉쇄되었습니다."

"이게 무슨……."

모용성걸은 당황할 수밖에 없었다.

* * *

"아이고, 도련님. 이게 대체 무슨 일입니까요?"

나는 내 처소의 침상에 누워 있었다. 옆에서 팔갑이 연신 아이고를 찾고 있었고.

"팔갑아."

"네?"

"그만해도 돼. 이제 아무도 없어."

"아, 그렇습니까요?"

팔갑은 목을 가다듬으며 말했다.

"안 그래도 목이 아파서 뒤질 뻔했습니다요."

나는 그런 팔갑을 보며 피식 웃었다.

지금 모용세가에는 내가 혼수상태라는 소문이 쫙 퍼졌다.

"그런데 정말 이렇게 해야 하는 겁니까?"

내 옆에 앉아 있던 모용태걸 소가주의 말에 나는 고개를 끄덕였다.

"네. 이래야 소가주께서 모용세가의 모든 출입로를 봉쇄한 것에 대한 이유가 되지 않습니까?"

나를 위해 그리해 준 것은 고맙지만, 그로 인해 문책을 받으면 곤란하지.

"그렇긴 합니다만……."

"그리고 제가 혼수상태에 빠진 정도는 되어야 진범을 제대로 처벌할 수 있습니다."

상대방이 아무리 악의를 가지고 일을 꾸몄다고 해도 내가 멀쩡하면 상대방에게 죄를 묻기가 모호해진다.

"그리고 아직은 찾지 못했지만, 저를 임밀원으로 안내한 무사를 압박하는 것도 수월해질 겁니다."

선협미랑을 골탕 먹이는 데 동조했다는 것과 선협미랑을 혼수상태에 빠트리는 데 동조했다는 건 어마어마한 차이가 있었으니까.

여기서 그가 모든 죄를 뒤집어쓰게 된다면 무림의 영웅을 해한 자라는 오명을 쓰고 사형을 당하게 될 터.

그게 싫으면 순순히 불겠지.

내가 선협미랑이라는 명호가 딱히 마음에 드는 건 아니지만, 이럴 때는 참 좋네.

아무튼, 현재 임밀원의 사용 권한 있는 이들의 별당은 봉쇄되어 있었다.

이왕 일하려면 화려하게 해야지.

그래야 효과도 극대화되는 법.

아까 복윤 소단주 내외가 찾아왔었고, 나를 슥 보더니 말했다.

"그래서, 제가 뭘 도와드리면 됩니까?"

역시 내 친우답다.

그는 곧바로 상황을 이해했고, 나는 그에게 가주님께 항의해 달라고 부탁했다.

그러면서 나를 곤경에 빠트린 자의 모든 권한을 박탈한다는 약속을 받아 달라고 했다.

가주님, 진땀 좀 빼시겠네.

그때 밖에서 소가주의 시종이 외치는 소리가 들려왔다.

"소가주님! 지금 그 무사가 잡혔다고 합니다!"

우리는 씩 웃었다.

이제부터 더 재밌어지겠네.

나는 모용태걸 소가주에게 말했다.

"그럼, 이제 제가 의식을 되찾은 것으로 해 주십시오."

"지금 말입니까?"

"네. 혼수상태로는 그 재밌는 구경을 못 하지 않습니까? 그리고 제 진술이 있어야 죄를 확실히 할 수 있죠."

그는 내 말에 고개를 끄덕였다.

"하긴, 그렇군요. 그럼 의원을 불러오겠습니다."

잠시 후 의원이 들어왔고, 나를 진맥했다.

몸 상태가 좋으면 내가 꾀병을 부렸다는 것을 의원이 알아차릴 터.

하여 아까부터 일부러 내 맥을 조여, 몸이 좋지 않은 상태로 만들어 놓고 있었다.

"음, 확실히 아까보다는 회복되었습니다. 하지만 아직 안정이 필요하니 무리하게 움직이거나 하지는 마십시오."

"알겠습니다."

그렇게 의원이 돌아가고, 모용태걸의 시종이 달려와 소식을 전해 주었다.

"소가주님, 공개심문이 한 시진 뒤에 시작된다고 합니다."

"공개심문이라면, 염추장이냐?"

"네. 맞습니다."

염추장(炎錘場)? 거긴 어디지?

내 궁금함을 알았는지 모용태걸이 설명했다.

"본가에서 중대한 사건이 발생했을 때, 공개심문을 하는데 그 장소가 바로 염추장입니다."

불타는 저울추라는 이름처럼, 엄정하게 심판하겠다는 의미인가?

그나저나 대체 그 무사는 무슨 정신으로 그런 엄청난

짓을 했을까?

무사히 넘어갈 수 있다면 다행이지만, 자칫하다가는 모든 것을 뒤집어쓸 텐데.

필시 이유가 있을 터.

"팔갑아."

"네, 부르셨습니까요?"

"나를 임밀원으로 데리고 갔던 무사에 대해 알아봐. 공개심문이 한 시진 뒤에 시작하는 만큼 빨리 움직여야 해."

"알겠습니다요."

팔갑은 빠르게 내 처소를 나섰다.

* * *

모용성걸은 어쩌다가 상황이 이렇게 흘러가게 되었는지 이해가 되지 않았다.

그저 자신은 망신을 준 은서호에게 곤욕을 치르게 하고 싶었을 뿐.

그냥 넘어갈 수도 있었던 일이고, 잘하면 모용태걸에게 죄를 뒤집어씌울 수 있는 정도였다.

그런데, 그 일이 이젠 그의 선에서 수습하기 힘들 정도로 커져 버린 것이다.

'염추장에서의 공개심문이라니!'

공개심문은 그 말처럼 모든 모용세가의 일원들이 지켜

보는 가운데 진행된다.

즉, 그곳에서 명예가 실추된다면 더 이상 얼굴을 들고 살아갈 수 없게 되는 것.

"도련님, 괜찮을까요?"

시종의 걱정스러운 물음에 모용성걸이 말했다.

"그리 쫄 것 없다! 내 말하지 않았느냐? 증거가 없다고! 그리고 그 무사는 절대 진실을 말하지 못한다."

"그렇긴 합니다만……."

그때 밖에서 모용세가 무력대 대주의 말이 들렸다.

"이제 염추장으로 가셔야 합니다. 나오시지요."

그 말에 그는 문을 열고 나섰고, 그 대주의 호위 겸 감시를 받으며 염추장으로 향했다.

염추장은 그 말처럼 사방에서 불이 타오르고 있었다. 그렇기에 어두운 저녁임에도 대낮처럼 밝았다.

그런데 그 배치가 묘해서, 심리적인 압박감을 주는 곳이기도 했다.

그곳에 도착한 모용성걸은 지정된 자리에 앉았다.

곧 모용세가의 중진들도 속속들이 도착했고, 가주 역시 자리에 앉았다.

"선협미랑이다!"

"선협미랑 대협이 왔다!"

그 소리에 고개를 돌려보니, 은서호가 시종의 부축을 받아 염추장에 들어서고 있었다.

고초가 심했는지 핼쑥한 얼굴이었는데, 그 병약한 미청

년 같은 모습에 여자들이 그 얼굴에서 눈을 떼지 못했다.

모용성걸은 뭔가 짜증 나서 고개를 홱 돌렸다.

"그럼 지금부터 공개심문을 시작하겠습니다."

심문자로 나선 자는 모용세가의 형벌을 집행하는 집법당의 부당주 모용묵.

그리고 집법당은 염추장을 관리하는 곳이기도 하다.

"이번 일은 무림의 영웅인 선협미랑 대협이 임밀원에서 의식을 잃고 쓰러져 있던 일에 대한 범인을 색출하기 위한 일입니다."

그는 말을 이었다.

"아까 겨우 의식을 찾은 선협미랑 대협께서는 그냥 이 일을 묻어두자고 하셨지만, 이는 모용세가의 명예와 직결된 일! 결코 간과할 수 없는 일이기에 이렇게 공개심문을 열게 되었습니다."

그 말에 중진들이 고개를 끄덕였다.

"그럼 이 일에 대한 개요를 말씀드리겠습니다."

모용묵은 손에 들린 서류를 보며 설명했다.

"어제 모용태걸 소가주께서 임밀원에서 의식을 잃고 쓰러져 있는 선협미랑 은서호 대협을 발견하셨습니다. 그리고 자초지종을 살핀바, 연중이라는 이름의 무사가 은서호 대협을 유인하여 진법에 빠지게 했고, 대협께서는 간신히 진법을 빠져나오셨지만, 결국 의식을 잃고 쓰러지셨던 겁니다."

숨을 돌린 그가 말을 이었다.

"이에 가장 유력한 용의자인 연중 무사에 대한 심문을 먼저 시작하겠습니다."

그는 집법당의 무사들에게 명했다.

"연중 무사를 데리고 오도록."

"네!"

곧 그들은 한 무사를 데리고 왔고, 준비된 의자에 앉혔다.

그리고 그의 두 손과 다리, 그리고 허리는 의자에 단단히 고정됐다.

"그대의 이름이 연중, 맞습니까?"

"네."

"어제 은서호 대협을 데리고 임밀원으로 간 것 역시 맞습니까?"

"맞습니다."

"그럼 당신이 은서호 대협을 진법에 빠트려, 혼수상태에 이르도록 했습니까?"

그 물음에 순간 연중과 모용성걸의 눈이 마주쳤다.

모용성걸은 날카로운 표정으로 고개를 끄덕였고, 연중은 침을 꿀꺽 삼키고는 대답했다.

"네, 제가…… 제가 그랬습니다."

그 자백에 주변이 시끄러워졌다. 모용성걸은 씩 웃었다.

'아직 더 큰 게 남아 있는데 말이지.'

모용묵이 말을 이었다.

“주변의 진술에 의하면, 그대는 모용태걸 소가주가 은서호 대협을 부른다는 말을 전했습니다. 그건 은서호 대협을 유인하기 위해 모용태걸 소가주의 이름을 빌린 것입니까?”

“아닙니다. 제게 그 일을 지시하신 분은 모용태걸 소가주가 맞습니다. 그래서 그리 말했을 뿐입니다.”

그 진술에 사람들은 경악했고, 모용태걸 소가주를 바라보았다.

하지만 그는 태연자약했다.

모용성걸은 그런 그를 보며 속으로 비웃었다.

‘뭘 그리 태연한 척하십니까? 이제 그 자리에서 내려올 준비나 하시지요.’

모용묵이 모용태걸 소가주에게 물었다.

“저 진술, 사실입니까?”

“사실이 아닙니다. 그리고 제게는 저 진술이 거짓이라는 것을 입증할 수 있는 증거가 있습니다.”

이에 모용성걸은 움찔했다.

‘증거가 있다고?’

모용묵이 물었다.

“그 증거가 무엇입니까?”

“사실, 전날 밤 아버지께서는 저에게 은서호 대협과 만나 한 가지 일에 대한 의향을 물어볼 것을 지시하셨습니다. 하여 제가 직접 은서호 대협의 처소로 갔고, 그래서 누군가 제 이름을 대고 은서호 대협을 데리고 임밀원에

갔음을 알 수 있었습니다."

그는 말을 이었다.

"어차피 찾아뵐 예정인데 제가 왜 저 무사에게 지시해서 은서호 대협을 임밀원으로 모시라고 한단 말입니까?"

그때 가주가 입을 열었다.

"저 말이 맞네. 내가 그리 지시했지."

그 말에 연중의 진술은 거짓으로 판명된 거나 다름없었다.

모용성걸은 뜻밖의 상황에 입술을 깨물었고, 사람들은 웅성거렸다.

모용태걸이 말을 이었다.

"은서호 대협이 임밀원으로 향했다는 말에 급히 달려갔고, 하여 은서호 대협을 발견한 것입니다."

모용묵이 연중에게 고개를 돌리며 물었다.

"죄인의 진술은 거짓으로 보이는데 어찌 된 겁니까?"

"아닙니다. 틀림없이 소가주께서 제게 지시하신 일입니다. 제게는 그리 지시하고, 나중에 발견자인 것처럼 하신 겁니다."

"제가 지시를 했다고 하는데, 그때 저희는 어디에 있었습니까?"

모용태걸의 물음에 연중이 대답했다.

"그야 당연히 은밀한 곳에서……."

"은밀한 곳, 어디를 말합니까?"

"……."

“확실하게 말씀드리지요. 오늘 오전, 그대가 저에게 지시를 내렸다고 할 때 저는 연결이의 처소에 있었습니다. 그리고 연결이의 처소는 가족 이외의 남자는 그 처소에 소속된 이들만 출입이 가능한 곳입니다.”

연중이 진술을 하면 할수록 거짓말이 확실시되어 가는 상황.

점점 꼬여 가는 상황에 모용성걸은 속으로 그를 욕했다.

‘멍청한 것! 진술을 할 자신이 없으면 그냥 깔끔하게 자결이라도 하든지! 젠장!’

그때, 모용태걸이 자리에서 일어났다.

“저는 문득 궁금해졌습니다. 과연 저 무사가 무엇을 위해서 저에게 죄를 뒤집어씌우는지 말입니다.”

그는 힐끔 뒤쪽의 은서호를 보았다.

“일전에 은서호 대협께서 저에게 말한 것이 있습니다. 사람이 이해되지 않는 일을 한다면 그 사람이 얻을 이익이 뭔지를 살피라고요.”

그는 말을 이었다.

“하여 저는 저 무사를 조사했고, 지금 저렇게 거짓말로 진술해야 하는 이유에 대해서 알게 되었습니다.”

“그게 무엇입니까?”

“중요 참고인을 모시기 전에, 저자를 묶은 것을 풀어주실 수 있겠습니까? 책임은 제가 지겠습니다.”

그의 말에 모용묵은 고개를 끄덕였고, 무사들은 연중을

풀어 주었다.

연중은 입술을 깨물었다. 중요 참고인이 누군지 알 것 같았기 때문이다.

모용태걸은 자신의 호위무사들에게 말했다.

"모시고 오세요."

"네."

곧 호위무사들은 한 여인을 데리고 왔다.

하지만 예상하는 것과 실제로 보는 건 다른 법. 연중은 그녀의 모습에 놀라 소리쳤다.

"부인!"

"이게 대체 무슨 일이래요! 아이고!"

그는 모용태걸에게 분노하여 소리쳤다.

"너무 비겁한 것 아닙니까? 가족을 이용해서 협박할 생각을 하다니, 그러고도 명문 정파라는 모용세가의 소가주……!"

찰싹!

"윽!"

그의 말은 더 이어지지 못했다. 그의 부인이 그의 등을 손바닥으로 내리쳤기 때문이다.

"지금 누구에게 그리 험하게 말씀하시는 건가요? 우리 아들의 은인인데!"

"으…… 은인?"

"우리 아들의 병을 고쳐 주셨다고요!"

무슨 영문인지 모르는 연중을 향해 모용태걸 소가주는

고개를 끄덕였다.
"네. 그렇습니다. 이제 아드님은 건강합니다."
"아……. 그, 그럼……."
그제야 상황을 깨달은 그는 무릎을 꿇고 머리를 박으며 외쳤다.
"죄, 죄송합니다! 정말 죄송합니다! 제 아들의 은인께 이 무슨 짓을……."
"그럼, 이제 사실을 말씀해 주시겠습니까?"
그의 부드러운 말에 연중이 입을 열었다.
"네, 사실 이 모든 일은 모용성걸 도련님께서 지시하신 일입니다."

* * *

나는 올라가려는 입꼬리를 애써 내리며 옷소매 속의 주먹을 꽉 쥐었다.
결국, 저 진술을 이끌어 내는 데 성공했다.
내 지시를 받은 팔갑은 연중 무사의 상황을 빠르게 알아왔다.

"그에게 아들이 있는데, 산에서 뭘 잘못 먹고 오늘 내일 한다고 합니다요. 그런데 그 약이 영약인데 그 영약을 살 돈을 마련하느라 고민이 많았다고 합니다요."
"그러니까 급하게 많은 돈이 필요했던 상황이네."

"네, 그렇습니다요."

"그럼, 여기 소가주님과 함께 가서 해결하도록 해."

"알겠습니다."

그리 말하며 나는 팔갑에게 신표를 내주었다. 전장에서 돈을 찾을 수 있는 신표다.

그 결과가 바로 저것이다.

자리에서 벌떡 일어난 모용성걸이 외쳤다.

"나, 나는 모르는 일이다! 어디서 그런 거짓말을 하는 것이냐?"

당연히 모용성걸은 모르는 일이라고 딱 잡아뗐었다.

"임밀원의 길을 바꾸고, 은서호 대협을 유인하여 진법에 빠트리라고 지시하지 않았습니까?"

그는 말을 이었다.

"저에게 증거도 있습니다!"

"증거? 어디 한번 보여 봐라!"

그는 모용묵 부당주에게 말했다.

"아까 압수당한 물건들, 그 물건 중에 파란 주머니가 있을 겁니다. 주머니를 가져다주십시오."

이에 그는 무사들에게 지시했고, 곧 파란 주머니를 가져왔다.

"그 주머니 안에 종이 한 장이 있을 겁니다. 그건 임밀원 출입로 중 바꿔야 할 부분에 대해 적혀 있는 것입니다."

그는 말을 이었다.

"그곳에 남겨져 있는 필적, 그걸 보시면 모든 것이 명명백백해질 것입니다."

모용묵 부당주는 무거운 표정으로 종이를 펼쳤다.

이를 보는 그의 눈빛이 점점 흔들렸다.

"후우……."

한숨을 내쉰 그는 그것을 중진들에게 넘겼고, 그걸 살핀 중진들은 고개를 절레절레 저었다.

그리고 모용성걸을 바라보았다.

그 눈에 담긴 건 진한 실망감.

나는 씩 웃었다.

그럼 그렇지.

나는 연중 무사가 모용성걸의 지시를 받았다는 증거가 있을 거라 예상했다.

하필 상대가 나라서 걸렸을 뿐이지, 나를 유인하면서 생각보다 꼼꼼한 성격이라는 것을 알았기 때문이다.

내가 의심하지 못하도록 진짜 호위무사들이 입는 옷까지 입고 왔으니 말이지.

가주님이 말씀하셨다.

"성걸아. 어째서 이런 짓을 한 것이냐?"

모용성걸이 입을 꾹 다물고 있자, 가주님께서 혀를 차며 말씀하셨다.

"간밤에 있었던 일을 앙심에 품고 있던 것이냐? 그것은 네가 자초한 일이었다."

"제가 뭘 자초했다는 겁니까?"
"네가 네 형 준걸이를 부추겼지 않느냐?"
"……!"
"겨루어서 이기면 영웅이 될 수 있다고? 하지만 그뿐이면 대협이 그리하지 않았겠지."
"……."
역시 가주님도 알고 계셨구나.
그때 내가 모용성걸이 오줌을 지리게 만들었던 건 그의 명예를 실추시키기 위함도 있었지만 내 친우인 복윤 소단주를 비웃었기 때문이기도 했다.
천한 상인답게 제 부인까지 데리고 거지처럼 구걸하러 온 것 아니냐고.
복윤 소단주가 속상해할까 봐 말은 하지 않았지만.
내가 내 욕은 참아도, 내 친우 욕은 못 참지.
아, 아니구나.
내 욕도 못 참는구나.
가주님은 한숨을 내쉬셨다.
"성걸아. 그만 인정하도록 해라."
"저건, 조작입니다! 제 필체를 조작한 것이란 말입니다!"
끝까지 인정하지 않는 모용성걸.
이제 슬슬 내가 나설 때가 되었군.
"잠시 한 말씀드리겠습니다."
"무엇인가?"

모두의 이목이 나에게 집중되었다.

"그 주머니 안에 들어있던 돈은 모용성걸 공자가 저 무사에게 대가로 준 것 같은데 맞습니까?"

"네. 맞습니다."

"제법 거금이군요."

그제야 사람들은 주머니를 쏟을 때 함께 주머니에서 나온 돈에 주목했다.

금원보가 열 개다.

일반 사람들은 구경도 못 하는 게 금원보인 만큼 상당한 거금이다.

"모용세가는 상당히 부자군요. 아무리 직계라고 해도 저 정도 돈을 용채로 주다니 말입니다."

"아닙니다."

모용태걸 소가주가 나서서 부정했다.

"저희가 받는 용채는 정해져 있습니다. 저렇게 많지는 않습니다."

"그럼, 저 돈이 어디서 났을까요?"

내 물음에 모용성걸은 당황해서 외쳤다.

"이, 이건 제가 모은 것입니다!"

하지만 아무도 그 말을 믿지 않았다.

그도 그럴 게, 그의 돈 씀씀이를 고려하면 그 돈을 모을 수 있을 리가 없으니까.

"뇌물입니까?"

"……."

"그보다 공자가 모은 돈이라……. 그 말은, 저 돈이 모용성걸 공자가 준 돈이 맞다는 거군요."

"!"

말문이 막힌 모용성걸을 보며, 가주님은 다시 한숨을 내쉬셨다.

"성걸아. 이제 그만하거라."

"아버지……."

"내가 정녕 네가 친하게 지내는 그들에 대해 아무것도 모를 거라 생각했느냐?"

"……."

"너는 해서는 아니 될 일을 했으며 성인인 이상 그 책임을 져야 한다."

그 말에 모용성걸이 눈을 사납게 뜨며 항변했다.

"네, 아버지. 책임지겠습니다. 그런데 제가 뭘 그리 잘못한 겁니까? 소가주가 되기 위해 노력한 것이 그리 큰 잘못입니까?"

그 모습에 가주님은 혀를 차며 고개를 저었다.

"틀렸다. 나는 네가 소가주가 되기 위해 노력한 것에 대해 뭐라고 하는 것이 아니다. 네가 그 노력을 위해 해서는 안 될 일을 했다는 것을 뭐라 하는 것이다."

"그러니까 제가 무슨 짓을 했다고……."

가주님은 그에게 다가갔고, 작게 속삭였다.

"흑도를 끌어들이지 않았느냐?"

"그, 그게 무슨……."

“네가 친하게 지냈던 자들, 그 자금을 지원해 준 자들, 그들은 흑도의 사람들이다.”

“……!”

굳어지는 모용성걸의 얼굴.

“그러니 내가 네 명예를 지켜 줄 때 가만히 있거라. 더 이상 난동을 부린다면 그 알량한 명예마저 잃게 될 터이니.”

“…….”

나는 그 대화를 들으며 속으로 헛웃음을 지었다.

역시 가주님은 다 알고 계셨구나.

그럼에도 이전 삶에서 모용성걸에게 가주의 직을 물려준 건 그럴만한 사정이 있었다는 거겠지.

모용성걸은 하늘이 무너진 듯 낙담한 표정으로 자리에 털썩 주저앉았다.

“판결을 내리겠다!”

가주님의 말씀에 모두의 시선이 가주님께 집중되었다.

“우선, 연중 무사!”

“네.”

“어쩔 수 없이 이번 일을 해야 했던 사정을 헤아리기로 했다. 또한 소가주와 그 피해자인 은서호 대협 역시 처벌을 원하지 않았다. 죄가 있다면 이용당한 죄밖에 없다면서 말이지.”

맞다.

그는 이용당했을 뿐이다.

아무리 그래도 남을 해하는 일에 가담하지는 말아야 했다고 비난할 자들도 있겠지.

하지만 아들이 죽어 가는데, 살릴 방법이 있는데 죄를 저지르지 않을 아버지가 있을까?

그리고 그런 아버지의 마음을 이용하여 나에게 해코지하려 한 모용성걸은 진짜 악질인 거지.

"하여 그대에게 십 년 동안 이 모용세가에서 원래 월봉의 이 할 만을 받으며 일할 것을 명한다."

"감사합니다! 정말 감사합니다!"

봉급 대폭 삭감.

강한 처벌처럼 보이지만, 그가 한 일에 비하면 상당히 자비로운 판결이다.

"그리고 모용성걸."

가주님은 복윤 소단주를 일별하고는 말을 이었다.

"이번 일은 우리 모용세가의 명예와도 직결된 일! 또한, 외부의 세력을 끌어들인 죄는 더욱 중하다! 하여 모용성걸의, 직계로서의 모든 권리를 박탈한다."

이제 끝났군.

이렇게 내 이전 삶에서와 같은 전철을 밟지 않도록, 가장 큰 위험요소를 제거했다.

형의 집행은 즉시 이루어졌다.

연중 무사의 경우, 우선 아들을 보러 갈 수 있도록 배려해 주었다.

물론 감시하는 인원과 함께였지만.

그리고 모용성걸의 경우, 기거하던 내처의 처소에서 쫓겨나 외처에 머물게 되었다.

직계기 때문에 내처에 머물 수 있었던 거니까.

그 밖에도 수많은 권리가 모조리 박탈되었다.

그동안 그가 가주의 자리를 노리고 해 온 짓을 생각하면 뭐 불쌍하지도 않다.

.

.

.

"그럼 내일 돌아가는 건가?"

나는 내 처소에서 가주님과 대화를 나누고 있었다.

"네. 사실 오늘 돌아갈 생각이었는데 늦어지고 말았습니다."

가주님은 괴로운 얼굴로 내게 사과했다.

"미안하네. 내 잘못이 크네."

"아닙니다. 그리 자책하지 마십시오."

"그나저나 아직 회복이 덜 된 것 아닌가? 벌써 움직여도 되는 건가?"

"물론 그렇긴 하지만, 일이 잔뜩 밀려 있습니다. 일이 더 밀리면 그땐 정말 힘들어질 것 같습니다."

"그러면 정말 난감하지."

"예. 그러니 양해 부탁드립니다."

"양해라니, 당연히 그리 해야 하는 것을."

가주님은 고개를 끄덕이더니 품에서 주머니 하나를 꺼내 내미셨다.

"이건 이번 일에 대한 사과의 의미일세."

"이건?"

"본가의 영약일세. 음기의 체질인 사람에게 잘 맞는 것이라, 자네에게는 도움이 될 거 같네."

실제로 아픈 게 아니기 때문에 거절할까도 고민했지만, 그 표정을 보니 거절해서는 안 될 것 같았다.

그리고 이 영약에는 내게 하는 부탁의 의미도 담겨 있다.

이번 일을 비밀로 해 달라는 것.

뭐, 안 그래도 그럴 생각이었다. 나 역시도 꾀병이었고, 괜히 무림맹에게 주목받고 싶지도 않으니까.

"감사히 받겠습니다."

"그건 그렇고, 태걸이에게 들었네. 정말 내 딸과의 혼사…… 생각이 없는 건가?"

"죄송합니다. 이미 마음에 둔 여인이 있습니다."

경험상 이런 분들에게는 그냥 싫다고 하는 건 효과가 없다.

그럴듯한 이유를 대야지.

"처첩을 여럿 두는 것이 흉은 아니지만, 제 마음이 가지 않아 홀대하게 될까 두렵습니다. 연결 소저는 소저를 아껴주는 이와 맺어져야 한다고 생각합니다."

"그리 마음 써 주니 고맙네."

문득 북경에 있는 서향 소저가 생각나는 건……
뭐, 밀린 일이 많아서 그런 거겠지.

가주님이 내 방을 나서자, 모용태걸 소가주가 나를 찾아왔다.
우리는 많은 이야기를 나누었다.
그리고 마지막으로 그가 말을 꺼냈다.
"전에 말씀하신 은자 석 냥이라는 계약금을 제외한 대가는 반드시 갚겠습니다."
"기대하겠습니다. 그리고 언제나 방심하지 마십시오."
"네. 방심하지 않습니다."

이걸로 요녕은 더 이상 걱정하지 않아도 되겠군.

다음 날, 나는 복윤 소단주 내외와 함께 광준상단으로 돌아왔다.
그리고 약속대로 다음 날, 나와 일행은 떠나기 위해 준비를 했다.
"가실 때는 주강마를 타고 가시는 겁니까?"
복윤 소단주의 물음에 나는 고개를 끄덕였다.
"네. 제 밑으로 들어오기로 한 말들인데 다른 말을 타면 그 녀석들이 질투할 겁니다."
"확실히 그렇겠군요. 그럼 타고 오신 말들은 어쩌시렵니까?"

"안 그래도 그게 고민입니다."

내 말에 복윤 소단주가 잠시 생각하다가 해결책을 내놓았다.

"아직 고민이시라면 이건 어떻습니까. 여기에 말을 놔두고 가시면, 이번에 황궁에 말을 납품하러 가면서 소단주 일행의 말을 데려가서 은해상단의 북경지부에 가져다 놓겠습니다."

"그래 주신다면, 정말 감사합니다."

"감사할 것 없습니다. 은 소단주는 내 진우니까요."

.

.

.

우리는 짐을 챙겨 광준상단의 목장으로 향했다.

"그런데, 도련님."

"왜?"

"주강마들을 끌고 가는 겁니까요?"

팔갑의 의문은 당연했다. 나는 아직 팔갑에게 자세히 설명해 주지 않았으니까.

"그래야지."

"그나저나 주강마를 끌고 돌아가면 상단주님께서 깜짝 놀라실 것 같습니다요."

"그렇겠지. 음, 상상해 보니 즐겁네."

곧 우리는 목장에 도착했다.

"어서 오십시오."

목장의 행수와 일꾼들이 우리를 반갑게 맞아 주었다.
"이분들의 주강마가 있는 곳으로 안내 부탁드립니다."
복윤 소단주의 말에 행수가 얼른 대답했다.
"네. 이쪽으로 오십시오."
주강마가 있는 곳은 목장에서 제일 안락하고 좋은 곳이었다.
주강마를 대하는 목장 일꾼들의 눈빛은 마치 신령한 무언가를 대하는 듯했다.
이 지역에서는 주강마를 보면 소원이 이루어진다고 했었지.
우리가 등장하자 주강마가 푸릉 소리를 내었다.
"그래그래, 나도 반가워."
"푸르릉!"
"그럼 이제 돌아가자."
나는 팔갑과 호위무사들을 보며 말했다.
"각자 주강마 한 필씩 골라 보세요."
"네?"
"팔갑아, 너도 한 필 골라 봐."
"흐미? 그게 무슨 말씀입니까요?"
나는 씨익 웃으며 대답했다.
"선물입니다."
내 말에 그들은 깜짝 놀라 손을 내저었다.
"아, 아닙니다! 이렇게 큰 선물은 받을 수 없습니다."
"주강마를 선물로 주신다니요! 이를 다른 사람들에게

넘기면 얼마나 큰 이득을 볼 수 있는데…….”

“저희는 괜찮습니다.”

그들의 말에 나는 고개를 저었다.

“우선, 이 말들은 다른 이들에게 함부로 넘길 수가 없습니다. 이 말들의 성미에 대해 보셨잖습니까? 이 말을 타다가는 안전을 보장할 수 없습니다.”

“그렇군요.”

“그리고 제가 주강마를 타는데, 여러분들이 일반 말을 탄다면 제 속도를 따라올 수 있습니까?”

“…….”

주강마는 하루에 삼천 리를 갈 수 있다는 희대의 명마다.

어지간한 명마로도 안 된다는 뜻이지.

내 현실적인 설명에 그들은 고개를 끄덕였다.

여기까지는 현실적인 이유이고, 이제 내 마음을 말해 줘야지.

“사실, 저는 이 주강마가 저에게 숙이고 들어왔을 때부터 여러분들에게 주기로 마음먹었습니다. 저를 위해 애써 주시는 여러분께 제가 해 줄 수 있는 건 이런 것들뿐입니다. 그러니 부디 받아 주셨으면 합니다.”

내 말에 무사들은 일제히 포권하여 고개를 숙였다.

“앞으로도, 주군을 충심으로 섬기겠습니다.”

여섯 무사와 팔갑은 각자 주강마를 한 필씩 고르기 시작했다.

그 눈빛이 반짝거리고 뺨이 붉어진 것을 보니 좋아하는 게 분명했다.

좋아해서 다행이네.

그나저나 주강마의 속도와 체력을 생각하면 이제 호북에서 북경까지 며칠 만에 갈 수 있겠군.

그때 갑자기 주강마들이 히힝거렸고, 팔갑과 호위무사들이 몸을 부르르 떨었다.

"어? 갑자기 왜 그러십니까?"

"그게…… 찬바람이 부는 듯해서."

"갑자기 소름이 돋았습니다요."

내 생각을 어떻게 알았지?

흠흠, 아무튼 열 필의 주강마 중 한 필은 복윤 소단주에게 혼인 선물로 줬다.

물론 복윤 소단주를 태우면서 다치게 하면 가만두지 않겠다고 협박해 주는 것도 잊지 않았다.

내가 아니라 금령이가.

그럼 이제 남은 건 아홉 필.

여섯 호위무사와 팔갑, 그리고 나까지 한 필씩 타면 한 필이 남는다.

그 한 필은 서향 소저의 몫이다.

아버지께 선물로 드릴까도 생각해 봤지만, 말을 타실 일이 별로 없기에 적합하지 않다.

주강마는 적어도 한 달에 몇백 리 정도는 달려야 병이 나지 않으니까.

그렇다고 형들에게 주자니 말은 한 필 뿐이고 정호 형 역시 말을 탈 일이 거의 없고…… 진호 형에게 주면 너무 날뛸 것 같고.

그래서 내린 결론이 서향 소저에게 주는 것이다.

앞으로 나와 같이 돌아다닐 일이 많을 텐데, 그럴 때마다 내 앞에 태우고 달리는 건 여러모로 힘드니까.

"말은 다 고르셨습니까?"

"네."

"그럼 이제 출발합시다."

나는 주강마에 올라탔다. 그리고 팔갑과 호위무사들도 말에 올라탔다.

뭔가 시야가 좀 더 높아 보이는 것 같네.

"그럼, 이제 가 보겠습니다."

"살펴 가십시오. 그리고 정말 감사했습니다."

우리는 작별 인사를 남기고 북경을 향해 달렸다.

그런데.

"어? 어어!"

"흐어억! 이거 왜 이렇게 빠릅니까요?"

"윽!"

말이 생각보다 너무 빨랐다. 마치 경공을 쓰는 것 같다는 생각이 들 정도로.

이 속도에 적응하려면 좀 걸리겠는데?

그리고,

우리는 단 이틀 만에 북경에 도착하는 쾌거를 이룰 수 있었다.

쾌거…… 맞지?

밤에 쉬어야 했으니 이틀이지, 밤새 달렸으면 하루 만에 왔을 거다.

“소단주님! 오셨습니까?”

“네.”

“그런데 얼굴이 안 좋으십니다.”

“괜찮습니다.”

직접 경공을 펼치는 것과 말을 타고 경공을 펼치는 속도로 이동하는 건 생각보다 큰 차이가 있었다.

힘들어하는 우리와 달리 주강마들은 개운하다는 표정이었다.

“전에 타고 가신 말들이 아니군요. 처음 보는 말들입니다.”

“새로 마련한 말들입니다. 마구간 제일 따뜻한 곳에 부탁드립니다. 그리고 매끼 꼬박꼬박 챙겨 주시고 사탕도 좀 주십시오. 안 그러면 이 녀석들이 머리카락을 씹어 먹을 겁니다.”

“네, 알겠습니다.”

그렇게 지시를 하고 나는 내 처소로 향했다.

“씻으실 겁니까요?”

“응. 그런데 넌 괜찮아?”

“뭐가 말입니까요?”

"말이 너무 빨랐잖아."

이에 팔갑은 고개를 갸웃했다.

힘들어하는 우리와 달리 팔갑은 아주 멀쩡하다 못해 팔팔했다.

살왕의 재능을 타고 난 녀석이라 그런가?

이래저래 신기한 녀석이란 말이지.

그렇게 씻고 내 집무실에 도착했다.

드르륵.

문을 여는 순간.

"어! 조심하세요!"

서향 소저의 비명과 함께 나를 덮치는 것은 서류 더미였다.

"이, 이거 혹시 전부 제가 처리해야 하는 일들입니까?"

내 물음에 서향 소저가 고개를 끄덕였다.

"……."

아…… 왜 눈물이 나지?

97장. 외갓집

북경에 돌아온 나는 부지런히 서류에 수결을 하고 있었다.

사흘 내내 일을 했음에도 아직 밀린 일은 다 해결되지 않았다.

그렇다고 해서 대충 수결할 수는 없지.

수결을 한다는 것은 이 서류를 확인했고 이상이 없으니 진행하라는 의미지만, 최종결정권자의 수결에는 또 다른 의미가 있다.

그건 바로 책임을 진다는 의미.

그렇기에 꼼꼼하게 볼 수밖에 없는 거다.

게다가 나 한 사람이 잘못 수결하면 수십, 수백 명이 피해를 볼 수 있으니까.

드륵.

“도련님, 오늘 저녁 약속이 있다고 하셨지 않습니까요?”

“저녁 약속?”

“선일 도련님 내외분과 만나신다면서요.”

“아!”

팔갑의 말에 나는 고개를 들었다.

오늘 저녁은 선일 형님 내외의 초대를 받아 연준상단으로 가야 했다.

잠시 후.

나는 연준상단에 도착했다.

“어서 와라.”

선일 형님이 문 앞까지 나와 나를 반갑게 맞아 주었다.

“요녕에 갔다 왔다지?”

“맞습니다. 제 친우의 혼인이 있어서 다녀왔습니다.”

내 말에 선일 형님은 가볍게 미소를 지었다.

“이제 너도 슬슬…… 아니, 아니다.”

“네?”

“내가 경험해 보니까, 얼른 결혼하라는 말이 제법 큰 압박이더라고. 그래서 그런 말은 안 하려고.”

“고맙습니다.”

“내가 싫으면 상대방도 싫은 건데, 이를 잊어버리는 우를 저지를 뻔했군.”

역시 선일 형님.

언제나 바르게 살고자 하시는, 좋은 분이다.
“너는 똑똑한 녀석이니, 알아서 잘하겠지.”
“감사합니다. 그런데 고모부님과 고모님께서는요?”
“아, 두 분은 부부동반 모임에 가셨다.”
“그렇군요.”
“그래, 얼른 들어가자.”
나는 선일 형님과 함께 연회장으로 향했다.
오늘 연회는 저번 시나아 공주와의 혼인 때 도와준 것에 감사하는 의미로 대접하는 것이라고 했다.
연회장에 들어가자 시나아 공주, 아니 형수님이 기다리고 계셨다.
“어서 오세요.”
“초대 감사드립니다.”
“오랜만이네요. 편히 앉으세요.”
나는 그녀와 인사를 주고받고 자리에 앉았고, 곧 음식들이 하나둘 나오기 시작했다.
“차린 건 별로 없네요.”
“차린 게 없다니요! 이걸 다 먹으면 배가 터질 겁니다.”
내가 너털웃음을 지을 수밖에 없을 정도로 많은 음식들이 차려지고 있었다.
나는 그녀와 이야기를 나누며 조금 어색함을 느꼈다.
뭔가 그녀의 외모가 이전과 달라진 느낌이 들었으니까.
아…… 그랬지.

차후 시간이 흘러서, 마래서국의 보석이라 불릴 정도로 아름다워지시지.

그때가 되면 형수님을 놓친 두 황자는 배가 아파 뒹굴게 될 것이 분명했다.

하지만 그들이 할 수 있는 건 아무것도 없다.

선일 형님과 형수님의 혼인은 무려 황제 폐하께서 주관하신 혼인이니까.

그렇게 화기애애한 시간을 보내고 다시 북경지부로 돌아왔다.

그런데 늦은 시간임에도 뜻밖의 사람이 나를 기다리고 있었다.

"오랜만이군!"

"아! 대협!"

진영 대협이었다.

"오셨는지 몰랐습니다."

"선일 수찬의 집에 있었다지? 알린다는 것을 내가 말렸네."

"그러셨군요. 그런데 이 늦은 시간에 어인 일이신지……."

내 물음에 진영 대협이 당연하다는 듯 짧게 말했다.

"부르시네. 의관을 정제하고 오게나."

아…….

황제 폐하께서 부르시는구나.

잠시 후.

의관을 정제하고 나온 나는 진영 대협과 함께 황궁으로 향했다.

그런데 왜 이리 늦은 시간에 부르시는 거지?

그리고 황궁 안에 들어서면서 내 의문은 점점 더 커졌다.

아무리 늦은 시간이라고 해도 사람이 별로 보이지 않았고, 내가 가는 길목에는 아예 없을 정도였으니까.

마치 의도한 것처럼.

부디 골치 아픈 일이 아니었으면 좋겠는데 말이지.

곧 나는 황제 폐하의 집무실 앞에 도착했다.

"은서호 소단주 들었습니다."

곧바로 문이 열렸고, 나는 안으로 들어가 극상의 예를 취했다.

"소상, 은서호. 지고하신 황제 폐하를 뵙습니다. 만세! 만세! 만만세!"

"고개를 들라."

나는 고개를 들어 황제를 보았다. 여전히 정정해 보이시는 모습.

"내가 왜 이 늦은 시간에 불렀고, 또 네가 오는 길목의 금군들을 치워 놨는지 궁금하겠지."

헉, 어떻게 아셨지?

하긴, 황제 폐하는 내가 인정한 몇 안 되는 분이다.

즉, 여러 의미로 무서운 분이라는 것.

아니, 진짜 무서운 분이긴 하지.

말 한마디면 은해상단이 풍비박산 나는 건 시간문제니까.

"소상은 그저 황제 폐하의 부름에 기쁠 뿐입니다."

"허, 말은 잘한다."

코웃음을 치는 황제의 모습에 나는 조용히 고개를 숙였다.

"그래서 요녕은 잘 다녀왔느냐?"

"네. 폐하."

"주강마를 혼자 꿀꺽하니까 좋으냐?"

"……."

진짜 무서운 분이네. 그것까지 이미 알고 계시다니!

나는 얼른 그 앞에 엎드렸다.

"황제 폐하! 소상이 주강마를 황제 폐하께 진상하지 못하는 것에 대해 용서해 주십시오! 이는……."

"쯧쯧, 내가 너를 모르겠느냐? 그걸 나에게 바쳐서 이득이 있을 것 같으면 북경에 돌아오자마자 진상했겠지. 그래서 하자가 뭐냐?"

"그게…… 말들이 제 말만 들어서, 만약 다른 이가 그 말에 탔을 때 안전을 보장할 수 없사옵니다."

말에서 떨어져 불구가 되거나 죽는 일이 생각보다 많은 만큼 황제는 고개를 주억이셨다.

"그건 큰 문제구나."

"네. 폐하."

"그런데 언제 또 엎드린 거냐? 쯧쯧, 일어나라."

나는 얼른 자리에서 일어났다.

"반응이 이러니 내가 자꾸 놀리고 싶어지잖느냐?"

그러니까…… 주강마를 혼자 꿀꺽해서 좋으냐는 그 말은 나를 놀린 거라는 의미다.

아니, 황제 폐하!

폐하께서 저를 놀리는 그 말에 저는 심장이 벌렁벌렁하단 말입니다!

하지만 대놓고 투덜거릴 수도 없고. 어휴.

"그건 그렇고, 돌아온 지 얼마 되지 않았지만 주강마가 있으니 빨리 다녀올 수 있겠지. 감숙성에 좀 다녀와야겠다."

"네?"

나도 모르게 반문하고 말았다.

가, 감숙성이요?

그 섬서성 옆의 감숙성 말씀입니까?

황제가 말을 이었다.

"물론 가고 싶지 않으면 가지 않아도 된다. 이번 일을 해 준다면 섭섭하지 않게 대가를 줄 생각인데…… 어쩔 수 없지."

후, 하여간 이분은 나를 너무 잘 아신다.

– 꾸이!

그리고 금령이 이렇게 반응하는 것을 보니, 가야겠구나.

"긍정적으로 생각해 보겠습니다."

"그래. 그러면 얘기해 주마. 최근에 동창을 통해 보고받은 정보인데, 감숙성 연지산에서 검총이 발견되었다고 한다."

검총? 연지산?

아! 혹시 그건가?

감숙성 연지산에서 발견된 검총이라면 기억나는 게 있다.

검총은 말 그대로 검의 무덤이다.

하지만 실제로 검이 잠들어 있는 경우는 별로 없고 검이 있다고 해도 다 녹슬고 삭아 버린 경우가 대부분이다.

그럼에도 검총이 발견되면 무림의 온갖 세력들이 모여들어 이를 차지하고자 혈전을 벌인다.

그건 검총에 검만 있는 게 아니라, 각종 금은보화를 비롯해 절세의 무공이 잠들어 있는 경우가 많았기 때문이다.

연지산의 검총은 약 오백 년 전, 천마신교를 궁지로 몰아넣었던 영웅 혈곤성승(血棍星僧)의 검총이었다.

전해져 내려오는 이야기에 의하면 천마신교도에 의해 가족을 잃은 그는 소림사 승려에 의해 소림의 제자가 되었다.

그리고 봉 하나로 천마신교도들을 보이는 족족 때려잡았다고.

그 무위가 얼마나 고강했던지, 천마조차 그를 감당하지 못해서 천마신교의 세력이 위축되었을 정도.

자신이 죽은 후, 영혼마저도 천마신교와 싸우겠다는 결심으로 검총을 만들어 그 안에서 열반에 들었다고 했다.

하지만 그동안 혈곤성승의 검총이 발견되지 않고 있다가 한 약초꾼에 의해 검총이 발견된 것이다.

상식적으로 소림의 승려의 검총이니 소림에서 그 주도권을 가져야 맞다.

하지만 여기에는 복잡한 사정이 있었다.

그가 말년에 피에 물들었다며 소림이 그를 파계해 버렸던 것.

그러니 소림에서도 확실하게 소유권을 주장할 수가 없었다.

게다가 혈곤성승이 당대 천하제일인으로 군림할 수 있었던 비결이 검총에 있다는 소문이 돌며 정파 문파들만이 아니라 천마신교에서도 검총을 노렸다.

게다가 그 안에 상당한 금은보화가 있다는 소문까지 더해지자, 사파와 흑도들까지 모였다.

말 그대로 개판이 예정된 곳이고 실제로도 개판이 되었던 곳이기도 하다.

하루가 멀다 하고 싸움이 일어나는 곳에 저를 보내시겠다고요?

황제 폐하.

제 정신이십니…… 아니, 너무하신 거 아닙니까?

왜 하필 저를 보내시려는 겁니까?

내 의문을 알아차리신 듯 황제께서 말씀하셨다.

“사실 금의위 무사들도 그곳으로 출발했다. 보고를 들으니 혈곤성승이 그토록 뛰어난 무위를 발휘할 수 있었던 이유가 황궁의 물건을 손에 넣었기 때문이라더구나.”

아…… 나를 이렇게 비밀리에 부른 이유를 알겠군.

“감시…… 입니까?”

황제께서 미소 지으셨다. 내 짐작이 맞구나.

자고로 감시란, 전혀 예상하지 못한 자가 그 역할을 맡아야 효과적이니까.

“이후의 일은 알아서 할 거라 믿는다.”

“…….”

.

.

.

나는 북경지부에 도착했다.

진영 대협의 말에 의하면 적어도 사흘 내에 출발해야 한다고 하셨다.

즉, 서류 처리를 끝내자마자 쉬지도 못하고 바로 출발해야 한다는 거구나.

젠장.

그나저나 내가 아무 이유 없이 감숙성에 가면 의심받을 것이 분명하다.

적당한 핑계가…….

아!

이내 좋은 생각이 떠올랐다.

감숙성의 무가인 영선 민가가 어머니의 친정이다.

이전 삶에서 외갓집에 가 본 적이 손에 꼽았고, 나는 그것을 후회했었지.

이왕 이렇게 된 거 외갓집에 가 볼까?

나는 즉시 서신을 썼고 금령을 통해 아버지께 서신을 보냈다.

다음 날.

금령이 아버지의 서신을 가지고 돌아왔다.

[외갓집에 다녀온다니, 무슨 일이 있나 보구나. 요즘 그곳으로 무림의 세력들이 모인다는데 괜찮겠느냐?]

제가 그 일 때문에 감숙성에 가는 겁니다. 아버지.

[뭐, 조금만 조사해 보면 감숙성의 상황이 뒤숭숭하다는 것을 알 터. 그럼에도 간다면 뭔가 이유가 있겠지. 잘 다녀오거라. 그리고 네 외조부모님과 외숙부에게도 안부 전해 주고.]

네, 아버지.

나는 그리 중얼거리며 서신을 태웠다. 살짝 민감한 정보가 있어서 말이지.

이틀이 지나서 감숙성으로 출발할 때가 되었다.

"부탁드립니다."

"걱정하지 말고 다녀오세요."

서향 소저와 현풍국의 이들이 나를 배웅해 주었다. 이번에도 서향 소저는 북경지부에 남아 있기로 했다.

감숙성은 수많은 세력이 치열하게 싸우고 있는 곳.

그런 위험한 곳에 서향 소저를 데리고 갈 수는 없는 일이다.

그렇게 우리는 감숙성으로 출발했다.

주강마는 더럽게 빨랐다.

혹시 출발 전의 유예시간을 사흘이나 주신 건 주강마가 빠르게 움직일 수 있음을 알고 그리하신 건가?

하여간 정말 방심할 수 없는 분이라니까.

아무튼, 예정보다 몇 배 빠른 속도로 이동한 우리는 산서의 한 숲에서 노숙을 하게 되었다.

노숙 준비는 척척 이루어졌다.

팔갑이 모닥불을 지피는 동안 무사들은 세 조로 나누어 한 조는 식량을 구해 왔고 다른 조는 주변을 살펴보았다.

나머지 한 조는 가까이서 나를 호위했고.

곧 노숙 준비가 끝났고, 우리는 모닥불 앞에 둘러앉았다.

우리의 목적지는 감숙성.

이번에는 말을 타고 가는 것이기에 북쪽의 길을 이용하기로 했다.

산서와 섬서 북부를 거쳐 감숙성 난주까지 가는 길.

덕분에 더운 여름이었음에도 큰 더위를 느끼지 않고 이동할 수 있었다.

아, 물론 나는 빼고.

나는 어디를 가든 더위를 타지 않으니까.

타닥, 타닥,

모닥불의 나무에서 불똥이 튀는 소리가 들렸다.

"다 됐습니다요."

팔갑이 꼬치에 꽂은 물고기를 내밀었다. 딱 먹기 좋게 잘 익었네.

모닥불에 구운 전병에 구운 물고기를 곁들이니 제법 먹을 만했다.

식사를 마친 나는 모닥불을 바라보다가 말을 꺼냈다.

"저희가 이번에 감숙성에 가는 이유에 대해 알고 계십니까?"

내 물음에 팔갑이 대답했다.

"마님의 친정에 가는 거 아닙니까요?"

"맞아. 내 외갓집에 가는 거야. 하지만 그것이 이유의 전부라면 내가 묻지 않겠지."

내 말에 모두의 시선이 나에게 집중되었다.

"사실, 황제 폐하의 명을 받았습니다."

내가 감숙성에 가는 진짜 이유에 대해서는 물론 극비다. 하지만 그래도 함께 가는 일행들에게는 언질을 해 줘야겠지.

단지 나를 모셔야 한다는 이유로 아무런 상황도 모른 채 위험한 곳으로 뛰어들게 하는 건 그들을 기만하는 거다.

극비인 일을 다른 사람에게 말할 정도로 입이 가벼운 이들도 아니고.

“저희가 가는 곳은 연지산, 그곳에서 혈곤성승의 검총이 발견되었기 때문입니다.”

내 말에 명종 무사가 무언가 생각났다는 듯 물었다.

“혹시 그, 마교도를 깨부쉈다는 영웅 말입니까?”

“맞습니다.”

“천존이시여…….”

사실 이건, 명종 무사가 도호를 탄식처럼 내뱉을 정도의 일이다.

서우 무사가 심각한 표정으로 말했다.

“위험한 상황이군요. 수많은 세력들이 충돌할 것은 자명합니다.”

“맞습니다. 하지만 저는 그곳에 가까이 갈 생각이 없습니다.”

황제가 나에게 지시한 건 감시이지, 그곳에서 뭔가를 가지고 오라는 것이 아니니까.

최대한 안전한 곳에서 명을 수행할 생각이다.

“그나저나 검총이라면 뭔가 대단한 게 있는 곳 아닙니까요? 누가 그걸 손에 넣을지는 모르겠지만 겁나게 부럽습니다요.”

팔갑의 말에 나는 피식 웃었다.

내가 연지산 혈곤성승의 검총에 대해 알고 있었는데도 움직이지 않은 이유가 있다.

소문처럼 대단한 것들이 있다면 내가 미리 갔겠지.

그렇다.

거기에는…… 아무것도 없다.

지난 삶에서는 어찌어찌 무림맹이 이 사태에서 주도권을 잡긴 했다.

하지만 주도권을 잡았을 뿐, 단독으로 검총으로 들어간 건 아니었다.

그래서 가장 앞서 들어갈 수는 있었지만, 피해도 그만큼 클 수밖에 없었다.

승려가 만든 검총임에도 불구하고 악랄한 기관진식이 설치되어 있었기 때문이다.

하지만 안에 남아 있는 건 없었다.

아니, 남아 있는 게 있긴 했다.

가부좌를 튼 채 열반에 든 혈곤성승의 시신으로 추정되는 유체가.

화가 난 이들이 그 안을 이 잡듯이 뒤졌지만, 그렇다고 없는 게 나오나?

아무튼, 무림맹 입장에서는 미치고 팔짝 뛸 노릇이었을 거다.

피해는 제일 많이 입었는데도 얻은 건 없고, 약속된 배상은 해 줘야겠고.

그러고 보니 감숙성에 가는 보람이 하나 있긴 하네.
무림맹이 빡쳐 하는 것을 직접 볼 수 있다는 것.
"흐익! 도련님! 갑자기 왜 그러십니까요?"
"뭐가?"
"방금 상당히 기분 나쁜 웃음이었습니다요. 뭔가 남의 불행을 꼬숩게 바라보는 듯한……."
어떻게 알았지?
하여간 이 녀석은 못 속인단 말이지.
"흠흠, 그런 게 있어. 안심해. 그 대상이 너는 아니니까."
"히휴! 그건 다행입니다요."
"애초에 넌 내 시종이라고."
서우 무사가 웃으며 말했다.
"아무튼, 위험한 곳이지만 최대한 위험하지 않게 하신다는 말씀이시죠? 알겠습니다."
여응암 무사가 말을 이었다.
"뭐, 주군께서 일부러 위험에 뛰어드시는 분은 아니시니 말입니다."
"위험에 말려드는 일이 잦다는 것이 문제 아닙니까?"
이필 무사의 말에 모두 고개를 끄덕였다.
그게…… 문제이긴 하지.
나도 황제가 명하지 않았으면 감숙성에 절대 가지 않았을 테니까.
그때 갑자기 느껴지는 인기척.

부스럭.

흑도의 기운이 느껴지는 건 아니지만, 그래도 이런 길에서 누군가를 만난다는 것만으로도 긴장되는 일이다.

백도 무림을 이끄는 정파라는 자들은 사사로이 목숨을 빼앗지는 않지만, 상인들을 업신여기는 건 흑도보다 더하거든.

곧 모습을 드러낸 자들은…….

응?

승려?

"아미타불, 시주님들께 송구하지만 불을 좀 빌려도 되겠습니까?"

한쪽 팔로 반장을 하는 것도 그렇고 입은 옷도 그렇고…… 소림사의 승려들이다.

우리는 자리에서 일어났고, 내가 대표로 포권하며 인사했다.

"소림의 명승들을 뵙습니다. 저는 은해상단의 소단주 은서호라고 합니다. 이렇게 밤중에 만난 것도 인연 아니겠습니까? 얼마든지 빌리셔도 됩니다."

승려들의 얼굴이 밝아지더니, 대표로 보이는 이가 감사를 표했다.

"감사합니다."

곧 그들은 우리 옆에 자리를 잡았고, 우리에게 빌린 불씨로 불을 지폈다.

아무리 여름이라고 해도 이런 숲속은 밤이면 추워지기

마련이니까.

소림사 승려 일행은 총 열 명.

대표로 보이는 자는 오십 대 정도로 보였는데 절정의 경지다.

그리고 나머지는 일류 무사와 이류 무사가 골고루 섞여 있었다.

그 말은 즉, 모두 무승들이라는 의미다.

그때 누군가의 배에서 소리가 났다.

꼬르륵.

그 소리에 한 승려의 얼굴이 붉어졌고, 그 옆의 다른 승려가 고개를 푹 숙이며 말했다.

"소, 송구합니다. 제가……."

"흠……."

"괜찮다."

"어쩔 수 없었던 일이니 괘념치 말거라."

상황을 보아하니, 아직 저녁을 먹지 못한 듯했다.

일반 무사들이라면 우리처럼 물고기나 산짐승을 잡아 요기할 수도 있지만, 저들은 그럴 수 없다.

그렇다면 임산물을 찾아야 할 텐데, 이 늦은 밤에는 채취하기 힘들지.

나는 자리에서 일어나 그들에게 다가갔다.

"혹시 가지고 계신 식량이 없으시면 전병이라도 좀 드시겠습니까?"

"전병…… 말입니까?"

"네. 생각보다 식량 여유가 있습니다. 팔갑아!"

내 부름에 팔갑이 얼른 자리에서 일어나 옆의 보따리에서 전병을 꺼내어 승려들에게 하나씩 나누어 주었다.

"그냥 밀가루를 반죽해서 구워 온 것이라 맛은 없지만, 모닥불에 구우면 나름 고소하니 먹을 만합니다."

장기간 보관하기 위해 수분을 최대한 없앴고, 당연히 전병 치고는 매우 딱딱하다.

그래도 흉년인 요즘에 이 정도면 귀한 식량이다.

하지만 낯선 사람이 주는 것을 쉬이 받을 수 없는지, 그들은 머뭇거렸다.

이에 나는 보따리에서 전병을 꺼내어 직접 불에 굽는 시범을 보였다.

"이렇게 구워서……."

똑, 오도독, 오도독.

"이렇게 먹으면 됩니다."

내가 직접 먹는 모습을 본 그들의 낯빛이 밝아졌다.

"이리 귀중한 식량을 나누어 주시니 정말 감사합니다."

"어찌 주변인의 어려움을 모른 척하겠습니까?"

식량은 없어도 차는 가지고 있는지, 그들은 솥에 물을 담아 차를 끓였다.

그리고 내가 준 전병을 불에 살짝 구워 먹기 시작했다.

오독, 오독,

후릅.

오독, 오독,

후릅.

전병을 먹고 차를 마시는 소리에 나는 속으로 미소 지었다.

어지간히도 배가 고팠던 모양이다.

가장 고마운 사람 중 하나는 배가 고플 때 먹을 것을 주는 사람이다.

소림사는 명문 중의 명문.

그러니 이들에게 빚을 져 놓으면 나중에 모른 척하지는 않겠지.

우리가 식량이 모자란 것도 아니고.

정확히는 평소대로 식량을 준비했었는데, 주강마 때문에 이동 시간이 줄어서 식량이 남은 것이지만.

"시주께서는 어디로 가십니까?"

불에다가 먹을 것까지 나눠 줘서 그런지, 승려들은 완전히 경계를 풀고는 우리에게 물었다.

"저희는 감숙성으로 가는 중입니다."

"감숙성 말입니까? 실례지만 그곳에는 왜 가시는지 여쭈어도 되겠습니까?"

"난주에 제 외가가 있습니다. 못 간 지 오래인데, 마침 시간이 나서 방문하려고 합니다."

"그러시군요."

"대사께서는 어디로 가시는 중입니까?"

"저희는 감숙성 연지산으로 가는 중입니다."

"목적지가 비슷하군요. 그런데 어찌하여 식량 보따리

가 보이지 않는 것입니까?"
그리고 이상한 점이 하나 더 있다.
소림에서 출발했으면 배를 타고 낙양에서 난주까지 곧바로 갈 수 있다.
그런데 왜 중간 지점인 이곳에 있는 거지?
"사실, 사정이 있습니다."
그가 뒷목을 긁적이며 말을 이었다.
"배를 타고 오던 중에 그만 식량 보따리를 강에 빠트리고 말았습니다."
"저런!"
"하여 식량을 보충하기 위하여 배에서 내렸는데 하필이면…… 노잣돈의 대부분이 들어 있는 보따리를 두고 내려서……."
그야말로 설상가상, 엎친 데 덮친 격이다.
"죄송합니다. 정말 죄송합니다."
무릎을 꿇고 머리를 땅에 대며 사죄하는 승려.
저 사람이 그 엄청난 실수를 저지른 당사자구나.
이 시간까지 저녁을 먹지 못한 이유를 이제야 알았다.
그리고 그 딱딱한 전병을 허겁지겁 먹어치운 이유도.
"그런 사정이 있으셨군요."
나는 안타까운 표정을 지으면서 속으로는 회심의 미소를 지었다.
이게 웬 횡재지?
어려움에 빠진 소림사의 승려들이라니!

소림의 제자라고 해서 모두가 평생 소림에 있는 것은 아니다.

제자들 중 적잖은 수가 하산해서 여러 가지 일을 한다.

작은 무관을 열기도 하고, 누군가의 호위로 일하기도 하고, 무림과 상관없는 분야에서 일하기도 한다.

즉, 제국 전역에 인맥이 있다는 의미.

또한, 소림사가 "애네 좀 잘 보살펴 주거라."라고 말했을 때. "싫습니다!"라고 할 자들은 없다.

그러니 이들에게 빚을 지워 놓는다면, 나나 상단의 행보에 도움이 될 게 분명하다.

"보아하니 이 근처에 있는 속가 문파에 가서 지원을 요청하시려는 것 같은데 맞으십니까?"

"맞소이다."

"그들이라면 얼마든지 지원을 해 주겠지만, 지금은 때가 때인 만큼 그들 역시 사정이 그리 좋지는 않을 겁니다."

지금은 칠월 말.

밀이 창고에 가득 쌓여야 할 시기지만, 흉년이 계속된 탓에 밀 작황도 역시 좋지 않다.

"그리고 그들에게 손을 빌린다면 소림의 체면도 상하지 않겠습니까?"

"맞는 말이오. 하지만 그 외에 딱히 방법이 없소이다."

"그래서 말인데 대사님, 제가 여비를 지원해 드려도 되겠습니까?"

"여비를 말입니까?"
"네."
나는 고개를 끄덕였다.
"혹 은해상단에 대해 들어 보신 적 있으십니까?"
"소림에서도 작풍기를 요긴하게 잘 써먹고 있소이다."
아신다는 거구나.
"저희가 돈은 넉넉한 편이기에 여윳돈을 빌려 드릴 수 있습니다."
고심하는 승려.
뭘 고민할지는 짐작이 간다.
상인인 내가 나중에 무슨 대가를 요구할지 걱정되어 저러는 거겠지.
"너무 걱정 마십시오. 그냥 나중에 소림에 돌아가신 후에, 사람을 보내 돈을 갚아 주시면 됩니다."
"이자는 얼마를 받을 생각입니까?"
"이자는 필요 없습니다."
내 말에 그는 더더욱 미심쩍은 표정이 되었다. 이를 보니 결코 호락호락하신 분이 아님을 알 수 있었다.
그러니 제자들을 이끌고 감숙성으로 가는 중책을 맡으신 거겠지.
그때 한 승려가 조심스레 물었다.
"저…… 혹시 용봉비무회의 영웅이신, 선협미랑 대협이십니까?"
그 물음에 내 옆의 팔갑이 대답했다.

"맞습니다요! 저희 도련님이 그 선협미랑 대협이십니다요!"

"아! 역시! 제가 봤던 서책의 용모파기와 무척 흡사하여 여쭤봤습니다."

그래, 그랬지.

[삼십육 회 용봉비무회 신진 영웅들]이라는 서책.

그 서책에는 내 용모파기도 있다.

젠장.

그러자 내 앞의 승려의 표정이 밝아지더니, 고개를 주억거렸다.

"과연! 선협미랑이라는 명호가 헛되지 않음을 이제야 알았습니다."

제멋대로 오해해 주셔서 감사합니다.

오글거리기는 하지만, 이 명호의 덕을 참 많이 본다.

"좋습니다. 선협미랑의 제안을 받아들이겠습니다."

그렇게 나는 그들에게 여비를 빌려 주었고, 우리가 가진 전병도 마저 넘겼다.

그러면서 서로 통성명을 했는데, 그 승려의 법명은 정명이었다.

"그런데, 감숙성에는 어인 일로 가시는 것인지 여쭤도 되겠습니까?"

내 물음에 잠시 생각하던 정명 승려가 고개를 끄덕였다.

"뭐, 비밀도 아니니 말씀드리지요."

이미 연지산의 검총은 비밀이 아니다.

연지산에 파견된 금의위 일행을 감시하라는 황제의 명이 비밀이지.

“사실 감숙성 연지산에서 혈곤성승 대사의 검총이 발견되었습니다.”

“네?”

“혈곤성승`대사님의 검총이 말입니까?”

그 말에 모두들 놀란 표정을 지었다.

음, 확실히 우리 일행이 연기를 잘 한단 말이지.

“혹시 그 일에 대해 자세히 들을 수 있겠습니까?”

내 물음에 정명 승려가 우려를 표했다.

“시주, 혹시 그곳에 가실 생각입니까? 지금 그곳은 매우 위험합니다.”

“아, 저는 그곳에 갈 생각이 없습니다. 저는 제 몸을 철저하게 아끼는 중생입니다. 그저 그 정보를 알아야 외가에도 경고를 하고, 저도 주의를 할 수 있어서입니다.”

“그러시다면야…… 말씀드리겠습니다.”

그의 설명은 내가 알고 있는 것과 별반 다르지 않았다.

“혈곤성승 대사는 이미 저희 소림에서는 파계한 분이지만, 혹시라도 소림의 것이 있다면 그것이 다른 곳에 넘어가게 할 수는 없습니다.”

“그렇지요. 맞는 말씀입니다.”

그의 말에 맞장구를 쳐 주던 중, 궁금한 것이 생겼다.

“그런데 말년에 피에 물들어 파계당하신 분이 아닙니

까? 그런데 왜 아직 대사라 칭하십니까?"

내 물음에 정명 승려가 대답했다.

"공식적으로 파계당하시기는 했지만, 그래도 소림에서는 다들 그분을 대사라 칭합니다. 마를 멸하는 데에 평생을 바친 것에 대한 존경의 의미지요."

뭔가 이상한데?

아무리 피에 물들었다지만 아직 소림에서 대사라 칭할 만큼 존경받는 인물이다.

그런 인물을 파계했다고?

그것도 경지가 최고조에 달했던 말년에?

마에 물든 것도 아니고, 악에 물든 것도 아닌 피에 물들었다는 이유로?

평생을 천마신교도와의 전투로 피에 젖어 사셨는데 말년에 와서야?

그렇게 의아한 부분이 생기니, 또 다른 의아한 부분이 생겼다.

검총의 기관진식은 불가의 제자의 수법이라기에는 너무나 잔혹하고 비정했다.

그로 인해 수많은 이들이 목숨을 잃고 불구가 되었지.

그때 퍼뜩 뇌리를 스치고 지나가는 것이 있었다. 그건 혈곤성승이 검총을 만들 때 했다는 말.

자신이 죽은 후, 영혼마저도 천마신교와 싸우겠다는 결심으로 검총을 만들었다고 했다.

그 말이 다짐에서 끝난 것이 아니라. 실제로 실행되었

다면?

만약 그 안으로 천마신교도들이 들어갔다면 대부분의 피해는 그들이 입었을 테니까.

혈곤성승은 만약을 대비하여 자신을 파계하도록 한 것이다. 그리되면 소림사는 검총에 대한 권리를 잃게 되니까. 즉, 소림사의 제자들을 위한 안배였던 거다.

그런데 멍청한 무림맹이 욕심에 눈이 멀어 혈곤성승의 마지막 계획을 망쳐 놓은 거지.

당시 단일 문파로서도 가장 큰 피해를 본 곳이 소림이었으니, 망쳐도 크게 망친 것이다.

"왜 그러십니까?"

나도 모르게 심각한 표정을 지었는지, 정명 승려가 고개를 갸웃했다.

"아, 죄송합니다. 갑자기 그 검총이 불길하게 느껴져서 그랬습니다."

"혈곤성승 대사의 검총이 말입니까?"

"네."

"시주께서는 어째서 그리 말씀하시는 겁니까?"

살짝 날 선 반응.

비록 얼굴 한 번 본 적이 없는 분이지만, 그래도 그분의 뜻이 그렇다면 그 뜻을 이루어 드려야 할 것 같았다.

그리고, 나로 인해 위험을 피하고 목숨을 건진다면 내가 저들에게 빌려준 노잣돈은 그 배가 되어 돌아올 테니까.

“제가 하는 말은 추측에 불과하니, 듣고 흘려 넘기셔도 됩니다.”

물론, 추측이라고 했지만 개인적으로는 확신한다.

이전 삶의 기억과 지금 알게 된 정보를 합치면 그 결론밖에 나오지 않으니까.

나는 설명을 시작했다.

“제 생각에는 말입니다…….”

그런데 내 설명을 듣던 정명 승려가 갑자기 내 앞에 무릎을 꿇었다.

“아미타불…….”

아, 아니. 갑자기 왜 그러십니까?

정명 승려가 말했다.

“시주의 혜안이 아니었다면, 혈곤성승 대사님의 뜻을 헤아리지 못하고 정말 큰일을 당할 뻔했습니다.”

아마도 이들은 무림맹과 함께 기관진식 안으로 들어갔고, 선두에 선 만큼 전멸을 피하지 못했을 거다.

그러니 내게 감사를 표하는 것은 맞지만……

그렇다고 이렇게 무릎까지 꿇으시면 제가 많이 부담스럽습니다.

“일어나십시오. 저는 그런 감사를 받을 정도로 대단하지 않습니다.”

“아닙니다.”

그는 고개를 저었다.

“대협은 이런 대접을 받아 마땅합니다.”

어느새 다른 제자들 역시 무릎을 꿇은 채였다.

아…… 이러다가 아까 먹은 거 체하겠네.

나는 그들을 겨우 진정시킨 후, 앞으로의 일에 대해 논의했다.

.

.

.

어느덧 날이 밝았고, 그들은 감숙성으로 가지 않고 소림으로 되돌아가기로 했다.

이 사안에 대해 내가 말해 준 것들을 보고하는 게 우선이라고 판단했다고.

나도 바라는 바다.

아무리 내가 잘 설명하고 충분히 경고를 해 줬다고 해도, 막상 검총에 도착하면 분위기에 휩쓸릴 수 있으니까.

또한 무림맹에 의해 설득당할 수도 있고.

그러니 윗선에 보고를 하고, 시간을 두고 결정하는 것도 나쁘지 않다.

또한, 그곳에는 흑도와 사파와 천마신교도들까지 모여 있는 곳.

원하지 않아도 은원의 굴레에 얽매일 수밖에 없는 상황에 처하게 될 터.

그렇게 돌아가는 정명 승려 일행을 배웅한 우리는 다시 감숙성으로 향했다.

여기서부터는 배를 타고 가는 게 가능하지만, 우리에게

는 주강마가 있으니까.

"그래도 강을 건너려면 배를 타야겠죠."

내 말에 내가 고삐를 쥐고 있던 주강마가 무슨 소리냐는 반응을 보였다.

"히잉? 푸르릉!"

금령이 소매에서 고개를 쏙 내밀더니 나에게 말해 주었다.

"꾸이! 꾸이!"

"응?"

"꾸이이!"

"이 정도 강은 달려서 건널 수 있다고?"

그러고 보니 주강마라는 이름이 달려서 강을 건넌다는 의미이지.

나는 그만큼 빠르다는 의미인 줄 알았는데, 진짜 강을 건널 수 있다고 해서 주강마인 건가?

"여기가 그리 깊은 편은 아니지만, 넓고 물살도 센데?"

"푸릉!"

"꾸이!"

"자신을 뭐로 보냐고? 한번 믿어 보라고?"

자신이 달리지 못하는 곳은 없다고?

그래. 믿어 보지, 뭐.

정 안 되면 내가 수공을 쓰면 되니까.

그렇게 우리는 강가로 향했다.

나루터와 좀 떨어져 있기는 하지만, 말을 타고 강을 건

너는 모습을 다른 이에게 보여 주고 싶지 않으니까.

"히잉!"

주강마의 짧은 울음소리.

금령이의 통역이 없어도 뭐라고 하는지 알 것 같았다.

꽉 잡으라고. 강에 빠져도 내 책임 아니라고.

나는 고삐를 꽉 쥐며 다른 이들에게도 경고했다.

"고삐를 꽉 잡으십시오! 지금부터 말을 타고 강을 건너겠습니다."

"지, 지금 말입니까?"

"네!"

내 말이 끝나기 무섭게 주강마들이 달리기 시작했다.

그간 달렸던 것보다 더 빠른 것 같은데.

이게 주강마의 진면목인가?

눈앞에 보이는 풍경은 눈 깜짝할 사이에 뒤로 사라졌고 내 귀에는 윙윙거리는 바람 소리만이 들렸다.

보통 사람이라면 고삐를 놓칠 정도로 아찔한 속도.

곧 우리 앞에는 흙탕물이 흐르는 황하가 보였다.

어……

나는 순간 아무런 말도 할 수 없었다.

진짜 강을 건너고 있었다.

이거, 진짜인가? 진짜지? 내가 헛것을 보는 거 아니지? 세상에나!

달려서 강을 건넌다는 이름은 결코 헛된 이름이 아니었다.

주강마의 발을 보자, 발에는 희미하게 진기가 서려 있었다.

아하!

주강마들이 강을 건널 수 있는 이유를 알 것 같았다. 그건 등평도수와 같은 원리인 것이다.

비록 그 기운이 강하지는 않았지만, 속도와 합쳐지니 강을 달려서 건널 수 있는 것.

그렇게 강을 건너자, 서서히 주강마의 속도가 줄어들었다.

이내 녀석들은 자리에 멈추며 당당하게 머리를 치켜들었다.

마치 '내가 믿어 보라고 했잖아'라고 하듯.

나는 주강마의 목을 두들겨 주며 말했다.

"진짜 대단하네."

팔갑은 물론이고, 내 호위무사들 모두 지금의 상황이 믿기지 않는다는 듯한 표정이다.

"세상에……."

"지금 강을 건넌…… 겁니까?"

"어떻게……."

하긴 그럴 만하지.

솔직히 나도 믿기지 않거든.

이 주강마들이 나와 우리 일행의 손에 들어온 것이 얼마나 큰 행운인지 다시금 깨달았다.

"그런데 이 정도면 장강도 건널 수 있겠네?"

내 물음에 주강마가 대답했다.

"푸릉!"

당연하다는 소리.

호오, 이거 좋은데?

.

.

.

강을 건너 사흘 만에 우리는 난주에 도착했다.

난주.

옛적에는 금이 난다고 하여 금성이라 불렸다지.

청해를 거쳐 신강과 서장 쪽으로 가는 길목이기도 했기에 상업이 무척 발달한 곳이기도 했다.

외가인 영선 민가는 난주 남부에 위치해 있다.

중소 무가기는 하지만, 난주에서는 꽤 유서가 깊은 편.

우리가 영선 민가 앞에 도착하자, 문지기가 다가와 물었다.

"어떻게 오셨습니까?"

내가 아는 얼굴이다.

아주 어릴 적, 외갓집에 방문했을 때에도 대문을 지키시던 분이다.

지금은 그때보다 나이가 드셨지만.

"오랜만에 뵙습니다."

"네? 누구신지?"

"저, 은해상단의 은서호입니다."

"네?"

내 이름을 밝혔음에도 고개를 갸웃하는 문지기 아저씨.

문지기를 맡을 정도면 사람 얼굴을 기억하고 구분하는 능력이 좋은 편이다.

그런데 왜 나를 몰라보지?

그때 팔갑이 고개를 끄덕이며 말했다.

"당연히 몰라보죠. 지난 몇 년 동안 엄청나게 잘생겨지셨으니 말입니다요."

아…….

그러고 보니 내가 외갓집에 온 게 거의 십 년 만이지.

반성하자. 나 놈아.

"제가 너무 오랜만에 찾아왔나 보군요."

그러곤 품에서 신분패를 꺼내어 건넸다.

그럼에도 문지기 아저씨는 여전히 미심쩍은 표정을 거두지 않았다.

"잠시만 기다려 주십시오."

그리고 안으로 들어갔던 문지기 아저씨를 따라 한 남자가 나왔다.

그를 본 나는 얼른 포권했다.

"조카 은서호가 외숙부님을 뵙습니다."

"응? 서호라고?"

"네."

그의 이름은 민정.

어머니의 오라버니이자, 내 외숙부님이다.

한참 동안 내 얼굴을 요리조리 뜯어보시더니, 이내 탄성을 내뱉으셨다.

"아! 그래! 이렇게 보니 알겠구나! 선이 어릴 때와 아주 꼭 닮았구나!"

민선.

어머니의 이름이다.

"이 난주에서 네 어머니를 따라올 미색이 없었지. 자, 자, 오느라 피곤했지? 어서 들어오너라."

"네. 외숙부님."

외갓집은 내 기억과 별로 달라진 건 없었다.

언제나 평온한 곳.

감숙성은 물이 귀한 편이지만, 강줄기 근처에 자리 잡고 있어 물이 부족하지는 않았다.

덕분에 그리 크지는 않아도 나름 넉넉한 편이었다.

"하앗! 핫!"

"이야앗!"

기합성이 들려 고개를 돌려보니, 연무장에서는 한 무리의 이들이 연검을 휘두르고 있었다.

"우리 가문의 제자들이다."

"기세가 상당합니다."

"실력도 상당하지."

외숙부님의 표정에는 자부심이 느껴졌다.

나는 외숙부님을 따라 내처로 향했고, 외조부모님을 만나뵐 수 있었다.

“아이고! 이게 누구냐? 서호 아니냐?”

“왜 이제야 온 것이냐?”

역시 외조부모님.

나를 보자마자 한눈에 알아보셨다.

여전히 정정하시네. 다행이다.

“할아버지! 할머니!”

왠지 모르게 외조부모님께는 어리광을 부리고 싶어진단 말이지.

“저도 많이 보고 싶었어요.”

“그래, 우리도 많이 보고 싶었단다. 그나저나 온다는 전서구는 받았지만 상당히 빨리 왔구나?”

아, 문지기 아저씨가 이것 때문에도 의아해했을 수 있겠구나.

북경에서 출발하든, 호북성에서 출발하든 보름은 넘게 걸리는데 말이지.

그런데 너무 빨라 와서 미리 언질을 받지 못했던 것도 있을 터.

“아, 저희가 타고 온 말이 꽤나 빨라서요. 그래서 예정보다 더 빨리 왔습니다.”

“그렇구나.”

별로 믿으시는 눈치가 아니다.

“나중에 저희 말을 보시면 이해되실 거예요. 운 좋게

그 녀석들을 손에 넣을 수 있었거든요."

"그래, 멀리서 오느라 고생했다. 들어가서 회두자라도 먹자꾸나."

"안 그래도 그거 먹고 싶어서 더 서둘러 왔어요."

회두자는 콩과 대추와 설탕을 넣고 조려서 죽처럼 만든 것으로 무척 달콤하고 맛있다.

이곳 난주의 대표 음식 중 하나로, 그걸 먹고 나면 속이 편해진다.

후원의 정자에 둘러앉아 그간의 일에 대해 대화를 하고 있을 때 하녀가 회두자를 가지고 왔다.

나는 호위무사들에게 앉아서 먹기를 권했지만, 그들은 모두 사양했다.

그래도 모두 회두자를 좋아해서 다행이다.

"많이 먹으렴."

"네. 할머니."

이렇게 회두자를 먹으면, 왠지 나도 모르게 감상적으로 변하곤 한다.

외조부모님께서는 내가 죽기 몇 년 전에 돌아가셨다.

아무래도 두 분 다 무림인인 만큼 장수하신 것이지만, 그래도 슬펐고 후회스러웠다.

한 번이라도 더 와서 찾아뵐 것을 하고 말이지.

이렇게 무척 좋아하시는 것을 보니 더더욱 죄송스러웠다.

"그런데, 이렇게 갑자기 무슨 일이니?"

외조모님의 말씀에 나는 배시시 웃으며 대답했다.

"두 분이 보고 싶어서요."

"입에 발린 말이지만, 그래도 좋구나."

"어, 진짜예요."

나는 말을 이었다.

"그동안 외갓집에 오고 싶었는데 바빠서 오지 못했으니까요. 그런데 마침 여유가 생겨서 이렇게 들른 거예요."

"그러니?"

나는 고개를 끄덕였다.

"네. 그리고 아버지와 어머니께서도 두 분께 안부 전해드리라고 하셨어요."

그리고 아버지께서는 가는 김에 은해상단 감숙성 지부에도 들렀다 오라고 하셨지.

내 말에 두 분은 무척 좋아하셨다.

"그래, 언제까지 머물다가 갈 생각이니?"

"한 이틀 정도요."

"그래, 머무는 동안 편하게 있으렴."

"그나저나 이렇게 보니, 정말 우리 선이와 꼭 닮았구나!"

"어머니 아들인데 당연하죠. 하하하."

.

.

.

조손간의 대화를 마치고 나는 처소로 안내되었다.
“후우.”
나는 침상에 드러누우려 했지만,
척!
팔갑에게 제지당하고 말했다.
“도련님, 우선 씻고 오시죠. 이대로 침상에 드러누워 외조부모님께서 내주신 침구를 더럽힐 생각은 아니시죠?”
“…….”
팔갑이 지적한 건 내 양심이다.
결국, 나는 씻고 올 수밖에 없었다.
“그나저나 오늘 도련님의 모습은 뭔가 좀 달랐습니다요.”
“응? 뭐가?”
“이제야 제 나이로 보였습니다요. 그간은 애늙은이가 따로 없었습니다요. 무슨 산전수전 다 겪은 삼사십 대를 보는 줄 알았습니다요.”
윽…… 이 녀석.
엄청 예리하군.
나는 얼른 웃으며 받아쳤다.
“그야, 여기서는 어리광을 부려도 그걸 받아 주시니까. 하지만 다른 곳에서는 아니잖아. 사방이 나를 삼키려는 자들로 가득한데 방심하다가 잡아먹히면 안 되잖아.”
“음, 그렇긴 합니다요.”

"그러니까 실없는 소리는 그 정도만 하고. 가서 차라도 한 잔 가져와."

"주무시기 전에 차 드시면 잠이 안 오…… 지는 않으시겠네요."

"그럼! 내가 얼마나 열심히 달렸는데, 그리고 오기 전 얼마나 열심히 일했는데! 그깟 차 한 잔에 잠이 달아나겠어?"

지금 나는 엄청 피곤하다.

그럼에도 바로 잠들지 않고 차를 마시려는 이유는, 생각을 정리할 시간이 필요하기 때문이다.

.

.

.

다음 날 아침.

나는 처소에서 수련을 마치고 밖으로 나왔다.

칠월 말.

이곳의 기온은 활동하기에 나쁘지 않았다.

그렇게 이곳저곳을 산책하던 나는 어느새 외처까지 나왔고 제자들이 수련하는 연무장까지 오게 되었다.

"하나!"

"하앗!"

"둘!"

"하압!"

교관으로 보이는 자의 구령에 맞추어 수십 명의 이들이

일사불란하게 움직이고 있었다.

영선 민가는 연검을 주로 사용하는 무가이다.

연검은 무척 다루기 까다로운 무기로 평가받는데, 내가 봤을 때는 채찍보다도 어렵다.

연검은 날이 바짝 서 있기에 스치기만 해도 부상을 입게 되니까.

하지만 그 검로를 예측할 수 없기에 그것만으로도 큰 이득이 있는 무기이다.

그런 연검을 잘 사용하는 덕분에 이렇게 오랜 기간 가문을 유지해 올 수 있었던 것이다.

나는 그 모습을 보며 흐뭇한 미소를 지었다.

아, 이제 슬슬 아침을 먹을 시간이군.

나는 외갓집 식구들과 함께 식탁에 둘러앉았다.

오늘 아침 식사는 국수.

감숙성 사람들은 국수에 진심이고, 면의 종류도 엄청 다양하다.

쌀 생산량이 매우 적은 편이기 때문이다.

기후 때문에 밀이나 콩, 옥수수를 주로 재배하는 편이니까.

그렇게 따뜻한 소고기 육수에 만 국수를 먹고 있을 때 외숙부님이 말씀하셨다.

"아버지, 조금 전에 서신이 하나 왔습니다."

"서신? 이 이른 아침에 말이냐?"

"네. 무림맹에서 온 서신입니다."

무림맹?

그 말에 나도 모르게 귀가 쫑긋 세워졌다.

"오늘 오후쯤에 저희 가문에 방문하겠다고 합니다."

뭐? 오늘?

내가 놀라는 사이, 외숙부님의 말이 이어졌다.

"아무래도, 연지산의 그 검총 때문인 듯합니다."

혹시…….

내가 생각하는 그 이유 때문은 아니겠지?

그날 오후.

예정대로 무림맹에서 방문했다.

나는 나서지 않고 뒤에서 힐끔 상황을 지켜보고 있었는데 왠지 외숙부님의 표정이 그리 좋지 않았다.

"쯧쯧."

그때 내 뒤쪽에서 누군가 혀를 찼다.

"왜 하필이면 무림맹에서 나온 자가 저자인지……."

외숙부님과 저 무사 사이에 뭔가 일이 있던 건가?

그리 말한 자는 외숙부님의 시종이었다.

그렇다면 뭔가 알고 있겠군.

나는 그에게 다가가 조용히 물었다.

"그게 무슨 말씀입니까?"

내 물음에 그는 당황했다.

"네? 그, 그게 무슨?"

"방금 말씀하지 않으셨습니까? 왜 하필이면 무림맹에서 나온 자가 저자인지 라고요."

"그게……."

그는 무척 곤란한 표정이었다.

하지만 내 직감이 말하고 있었다.

이는 반드시 알아야 하는 일이라고.

"저는 외숙부님의 마음을 언짢게 할 일을 미리 피하고 싶을 뿐입니다. 그러니 부탁드립니다."

내 말에 그는 잠시 생각하다가 말했다.

"뭐, 도련님께서 제가 드린 말씀을 떠벌리는 그런 분은 아니니…… 말씀드리지요."

숙부님과 무림맹에서 온 사람이 접빈실로 들어가는 것을 보고, 우리도 인적이 드문 곳으로 자리를 옮겼다.

"용봉비무회에 대해서 아시죠?"

"네. 물론입니다."

그 용봉비무회 때 내가 영웅이 되었으니까.

"몇십 년 전, 소가주님께서도 용봉비무회에 출전하신 적이 있었습니다. 그리고 그것이 소가주님의 처음이자 마지막 출전이었습니다."

그러고 보니 이전에 어머니께서 외숙부님에 대해 얘기해 주신 적이 있었지.

"내 오라버니께서는 예선을 통과해 백팔 명의 신진고수의 대열에 드셨지. 그런데 오라버니께서는 그 후로 비무회에 출전하지 않으셨단다."

백팔 명 안에 들었다는 건 당시 외숙부님의 무위가 제법 높았음을 의미했다.

제국 전역에서 모인 무림 명숙의 자제들 중에서 백팔 명 안에 든다는 것 자체가 결코 쉬운 일이 아니니까.

하긴 아까 확인한 외숙부님의 경지는 절정.

이름 있는 대문파의 장로급에 준하는 수준이다.

그 시종의 말은 이어졌다.

"그리고 용봉비무회에 다녀오신 도련님께서는 용봉비무회에 대해 무척이나 실망하셨습니다. 그 이유 중 하나가 바로 아까 봤던 그자입니다."

그는 살짝 내 눈치를 보며 말했다.

"혹시…… 매승이라고 아십니까?"

나는 고개를 끄덕였다.

"이런! 역시 도련님께서도 매승에 대해 아시는군요. 그럼 설명하기가 편하겠군요."

그는 씁쓸한 표정으로 말을 이었다.

"저자는 염씨세가의 자제로 염구성이라고 합니다. 당시 매승으로 소가주님과 같이 예선에 올랐고, 그 일로 인해 소가주님과 크게 다툰 적이 있습니다."

"설마……."

"예. 생각하시는 게 맞을 겁니다. 당시 무림맹에서 염구성 공자의 편을 들어주었고, 소가주님께서는 그에게 사과를 하셔야 했다고 합니다."

어머니께서 해 주신 말씀이 이해가 되었다.

"용봉비무회는 말 그대로 용봉을 위한 비무회라고. 그러니 너는 용봉비무회에 나갈 생각하지 말라고……."

"그냥 조용히 살다가 연모하는 이가 나타나면, 큰 하자가 없는 남자라면 아버지를 설득할 테니…… 혼인해서 행복한 가정을 꾸리라고…… 그땐 솔직히 오라버니의 말을 이해하지 못했지. 그냥 오라버니가 나를 질투하는 거구나 생각했단다. 솔직히 내가 오라버니보다 훨씬 재능이 있었거든. 하지만……."

"이제야 알 것 같구나. 오라버니께서는 진정으로 나를 걱정해서 그리 말씀하신 거였다는 것을 말이다."

생각보다도 매승이라는 더러운 전통이 오래전부터 이어져 왔던 모양이다.

나는 한숨을 내쉬었다.

"외숙부님의 표정이 좋지 않은 이유를 알겠습니다."

무림맹 측에서 염구성의 편을 들어 주었다는 것은 매승에 대한 건 없는 일처럼 생각했다는 의미다.

염씨세가는 유력 세가이자, 무림맹과도 친밀한 곳.

그러니 무림맹에서도 그쪽의 편을 들어준 것이겠지.

썩었군, 썩었어.

뭐 무림맹이 썩어 있는 건 진즉에 알고 있었지만 말이지.

.

.

.

방에서 쉬고 있을 때 팔갑이 들어왔다.

"도련님! 도련님!"

"왜? 무슨 일인데 그래?"

"큰일입니다요!"

"……?"

"이번에 무림맹에서 온 자가 지원을 요청했다고 합니다요!"

나는 인상을 찌푸리며 자리에서 일어났다.

"무사 지원이라도 요청했대?"

"맞습니다요."

후, 예상대로네.

하긴 그게 아니라면 무림맹의 인물이 이곳에 직접 왔을 리가 없지.

"그리고 물자도 지원을 요청했다고 합니다요."

와, 이 도둑놈의 새끼들.

해 준 것도 없으면서 달라는 건 더럽게 많네.

"그래서 외조부님과 외숙부님께서는 어떻게 하신대?"

"들어주신다는 듯합니다요. 무림맹에서 요청하는데 그걸 어찌 거절하겠습니까요."

“하긴, 그것도 그렇지.”

나는 생각에 잠겼다.

내가 감숙성에 온 이유는 이곳에 파견된 금의위에 대한 감시.

안 그래도 다른 이들에게 의심받지 않고 연지산으로 갈 이유가 필요하긴 하다.

금의위는 황제의 검이라 칭해지는 만큼, 도박으로 따는 그런 자리가 결코 아니다.

그러니 내가 대수롭지 않은 명목으로 그곳에 간다면 수상하게 여길 터.

그로 인해 황제의 명을 제대로 수행할 수 없게 될 것이 분명했다.

솔직히 무림맹의 지원 요청은 짜증 나는 일이다.

그러나 이건 그 누구에게도 의심받지 않고 연지산으로 갈 수 있는 기회다.

그리고 검총에 들어간 자들이 큰 피해를 봤음을 알기에 외갓집이 걱정되던 참이다.

이왕 이리되었으니 피해가 전무하도록 힘써볼 생각이다.

그나저나 이전 삶에서도 외갓집에서 지원을 나갔었나?

정확히 기억나지는 않지만, 무사들까지 지원하지는 않았던 것 같은데…….

혹시 내가 소림사의 무승들을 돌려보낸 여파인가?

잠시 고민하다가 이내 피식 웃었다.

뭐, 그럴 수도 있겠지.

하지만 상관 있나?

내가 바꾼 미래로 인한 여파도 내가 해결하면 되지.

다음 날 아침.

조부님께서 아버지께 매일 아침은 가족들과 함께 먹기를 원했다는 말처럼, 외갓집은 매일 아침을 모든 가족과 함께했다.

식사를 마치고 차를 마실 때, 나는 조부님께 말했다.

"할아버지. 어제 무림맹에서 온 자들이 무엇을 요구했나요?"

"응?"

"혹시 사람과 물자의 지원을 요구했나요?"

내 말에 조부님과 외숙부님은 살짝 놀란 표정으로 나를 보셨다.

"왜 그렇게 생각하느냐?"

"외숙부님께서 말씀하셨듯이, 얼마 전에 연지산에서 검총이 발견되었잖아요. 무림맹 본단에서 이곳까지 사람을 대규모로 파견하고 물자를 보내기는 힘드니, 주변의 무가나 문파에 도움을 요청하겠죠."

"……."

잠시 침묵하던 외숙부님께서 고개를 끄덕이셨다.

"네 말이 맞다. 무림맹에서 무사 스무 명과 식량을 지원해 줄 것을 요청했다."

“역시 그렇군요.”

“후, 마치 뭐 맡겨 놓은 거 돌려달라는 것처럼 말하는 게 괘씸하지만…… 그걸 거절했을 때의 후폭풍을 감당할 자신이 없구나.”

그리 말씀하시는 외숙부님의 입가에 맺힌 웃음이 뭔가 씁쓸해 보였다.

“아무튼, 그래서 지금 폐관수련에 들어가 있는 민유와 무사들을 보낼 생각이다.”

“……!”

그러고 보니 어머니에게는 남동생이 한 분 계셨지만, 나는 그분의 얼굴을 뵌 적이 별로 없다.

어릴 적에 몇 번 봤지만.

내 기억에 의하면 몇 년 후쯤, 폐관 수련 중에 주화입마에 들어 돌아가셨다.

그만큼 무공에 대한 집착이 강하신 분이셨다.

나는 고개를 저으며 말했다.

“괜히 이 일 때문에 폐관수련에 드신 분에게 폐관수련을 중단하라고 할 필요는 없습니다.”

“그게 무슨 뜻이냐?”

“제가 가겠습니다.”

내 말에 조부님께서 걱정 가득한 얼굴로 고개를 저으셨다.

“아니 된다. 그곳은 무척이나 위험한 곳이야. 만약 네가 거기 갔다가 안 좋은 일이라도 생긴다면 네 아비와 어미를 볼 면목이 없어진다."

"그런 걱정은 하지 않으셔도 됩니다. 저도 제 한 몸 지킬 능력이 있습니다."

"응?"

"제가 누구 아들인지 잊으신 건 아니시죠? 무려 대 영선 민가의 여식이자 소싯적에 미류검(美流劍)이라 불리던 분의 아들입니다."

"하지만 그곳은 일류 이상의 무사들이 득실대는 곳이다."

"알고 있습니다."

나를 너무 걱정하시는데…… 아!

이분들은 나에 대해 잘 모르는구나.

하긴, 외숙부님의 일을 생각하면 그 이후로 무림맹과 관련된 일에 신경을 끄고 사셨을 수도 있지.

게다가 이곳 난주는 무림맹과는 많이 동떨어져 있는 곳이고.

"혹시 선협미랑이라고 아세요?"

내 입으로 이 명호를 말하게 될 줄이야.

예상대로 두 분은 고개를 젓거나 갸웃거리셨다.

"그럼 선협미랑이라는 자에 대해 알아보세요. 그러면 제가 왜 자신 있게 그곳에 가겠다고 말씀드렸는지 아실 거예요."

그렇게 이야기를 마무리한 나는 내 처소로 왔다.

그리고 독서를 하며 시간을 보내고 있을 때, 외숙부님께서 다급히 나를 찾아오셨다.

"그, 그게 정말이냐?"

"무엇이 말입니까?"

"네가 선협미랑이라는 것 말이다."

"네."

나는 고개를 끄덕였다.

"민망하기는 한데, 몇 년 전에 그 명호를 얻게 되었습니다."

외숙부님께서 미간을 찌푸리며 조심스럽게 말씀하셨다.

"혹시, 아까 내가 한 이야기는……."

아, 아까 아침에 하셨던 무림맹에 대한 험담을 말씀하시는 거구나.

무림맹에서 나를 영웅으로 띄워 주었으니, 내가 그들과 친밀하다고 여기시는 듯했다.

"아, 그거 말입니까? 솔직히 저도 동감입니다."

"응?"

"그나마 같은 무림의 일원이니 그 정도이지, 상인들에게 얼마나 아니꼬운지 아십니까?"

"으응?"

내가 다짜고짜 무림맹에 대한 불만을 토로하니, 당황스러우신 모양이다.

하지만 외숙부님의 불안을 해소하기 위해서는 이게 가장 좋은 방법이니까.

"솔직히 제가 선협미랑이라는 명호를 얻었지만, 그 명호는 예전부터 있었습니다. 그리고 제가 영웅의 칭호를 얻은 건 무림맹이 자신들의 실수를 면피하기 위해서죠."

"음……."

"그리고 제가 당시 나선 건 제 무공을 자랑하기 위함이 아닌 부모님을 구하기 위해서였습니다. 부모님께 위험이 닥치는 것을 알면서도 뻔히 보고 있을 자식은 없습니다. 능력이 되는데 어찌 보고만 있겠습니까?"

"그렇긴 하지."

나는 차분히 설득을 이어 갔다.

"제가 원해서 얻은 명호는 아니지만, 그래도 그게 이번 일에 도움은 될 겁니다. 연지산에 가서도 제 목소리를 낼 수 있을 테고요."

내 말에 외숙부님은 고개를 끄덕이며 동의하셨다.

"확실히 그건 네 말대로다."

어느 단체든, 세력이 약한 자는 제 목소리를 낼 수 없고 그건 고스란히 손해로 이어지니까.

그리고 외숙부님께서 걱정하셨던 것도 그 부분이었을 터이다.

"내 아버지께 말씀드리마."

다음 날 아침.

식사를 마치고 차를 마실 때 외조부께서 나에게 말씀하셨다.

"서호야."
"네. 할아버지."
"미안하구나. 손주에게 도움이 되지는 못할망정 폐를 끼치게 되다니……."
내가 가는 것으로 결정되었나 보군.
나는 웃으며 고개를 저었다.
"할아버지. 왜 그렇게 생각하세요? 저야말로 할아버지를 도와드릴 수 있어서 얼마나 기쁜데요."
"그리 말해 주니 내가……."
할아버지는 눈물을 흘리셨고, 나는 당황하여 얼른 손수건을 내밀었다.
"할아버지도 참…… 외손자가 할아버지 일을 도와드릴 정도로 잘났으면 좋아하셔야지요."
"그래, 그래. 그래야지."
아마 본인의 부족함과 나에 대한 미안함 등의 감정이 폭발하면서 눈물을 흘리신 듯했다.
나는 슬쩍 주변을 살폈다. 내가 그 위명이 자자한 선협미랑이라는 것을 알게 되어서인지 외갓집 가족들이 나를 바라보는 눈빛에는 선망이 담겨 있었다.
역시 천상 무인 집안이긴 하다.
돈이 많은 것보다 무공이 높은 것을 더 쳐주니 말이지.
"영선민가의 명성에 누가 되지 않도록 할게요."
"네가 오죽 잘 하겠느냐? 나는 걱정하지 않는다."

차를 마신 후 나는 같이 갈 무사들을 소개받았다.
모두 스무 명.
영선 민가의 무력대 중 하나인 광풍단의 단원들이다.
중소무가에서 이 정도 인원이 피해를 입으면…… 복구하는 데도 한참 걸릴 거다.
어떻게든 피해를 입지 않고 돌아오도록 해야지.
"반갑습니다. 은해상단의 소단주이자 가주님의 외손자 은서호입니다."
"선협미랑 대협을 만나 뵙게 되어 영광입니다."
그들 역시 나에 대해 들었는지 다들 감격스러워했다.
나는 민망해서 슬쩍 외숙부님을 흘겨보았다.
"험험."
이 반응을 보니, 소문을 흘린 자가 외숙부님이시구나.
"제가 여러분들을 이끌게 되었지만, 부족한 점이 많습니다. 그러니 잘 부탁드립니다."
그렇게 인사를 나눈 후, 이번 지원 건에 대해 논의에 들어갔다.
우리 일행의 기본적인 방침을 정하기 위해서였다.
"저희 역시 기회가 된다면 검총 안에 들어가서 그곳의 보물을 얻어야 한다고 생각합니다."
한 무사의 주장에 나는 고개를 끄덕였다.
"저도 그게 맞다고 봅니다."
내가 그 주장에 긍정하자 그의 얼굴이 밝아졌다. 하지만 나의 긍정은 반박을 위한 시작일 뿐이다.

"하지만, 저는 일부러 위험을 무릅쓸 생각이 없습니다."

"왜 위험하다고 생각하십니까? 혈곤성승 대사님의 검총입니다. 불도를 아시는 분의 검총이니만큼 별다른 위험은 없을 겁니다."

그래, 이것이 바로 일반적인 생각이었다.

그렇기에 당시 안일하게 생각하고 들어갔다가 더 큰 피해를 당했던 것이지.

나는 미리 생각해 뒀던 이유를 언급했다.

"검총이기는 하나 그 자체로 오래된 건축물입니다. 붕괴할 위험성도 있으니 조심해야 합니다."

나는 말을 이었다.

"제가 아무리 무공이 절정에 달했다고 하더라도 여러분 모두를 보호할 순 없습니다. 아마 여기 있는 분들의 반 이상이 목숨을 잃게 될 겁니다."

"……."

나는 힘 있게 말했다.

"무엇인지도 모를 것에 목숨을 바친다? 그럴 이유가 있습니까? 제게는 그런 보물보다 여러분들의 목숨이 더 소중합니다."

내 말에 무사들은 감동한 표정을 지었다.

설득 완료.

98장. 개판이구나

연지산으로 향하는 건 우리뿐만이 아니었다.

무림맹에서 요청한 지원 물품도 가져가야 했기에 표국의 도움을 받았다.

"위명이 자자한 선협미랑과 함께 할 수 있어 영광입니다."

표국의 표두는 나에게 포권을 해 보였다.

"쑥스럽군요. 과분한 이름입니다. 짧은 기간이지만, 잘 부탁드립니다."

"최선을 다하겠습니다."

그렇게 우리는 외갓집의 배웅을 받으며 연지산으로 향했다.

예상 일정은 대략 사흘 정도.

말을 타고 가면 이틀로 충분하지만, 수레를 끌고 가야

해서 하루가 더 걸리는 것이다.

물론 주강마를 타고 전력으로 달리면 하루도 채 걸리지 않지만, 다른 이들과 속도를 맞춰야 하니까.

기특하게도 주강마들은 제멋대로 속도를 올리거나 하지 않았다.

물론, 내 말 때문이 아니라 금령이가 무서워서 그런 거 같기는 한데…….

그렇게 사흘 후 우리는 마침내 연지산에 도착했다.

그나저나 어디로 가야지?

내가 잠시 고민하고 있을 때 한 무리가 우리에게 다가왔다.

"흐흐흐, 이게 다 뭐야?"

"마침 식량이 부족했는데 잘 되었군!"

딱히 그들에게서 느껴지는 역겨움이 아니더라도 그 정체는 뻔했다.

하필 여기서 흑도 무리와 마주치다니.

내 기조는 최대한 피를 보지 않는 것이다.

피를 보게 되면, 내가 원하지 않더라도 은원의 굴레에 얽매이기 때문이다.

누군가의 은인이 되는 것은 언제든 환영할 일이지만, 누군가의 원수가 되는 건 최대한 피해야 한다.

이건 사람이라면 모두에게 해당되는 이야기지만, 상계에서는 더 부각되는 편이다.

상업이라는 게 항상 성공하고 잘될 수는 없는 일인데,

그럴 때 누군가가 원한을 갚기 위해 달려들면 상단이 무너질 수도 있다.

그럴 때를 대비해서 은혜를 많이 입혀 두는 것이기도 하지.

너무 계산적인 것이 아니냐고 할 수도 있지만, 상인에게 이 정도 계산적인 건 어쩔 수 없다.

하지만, 이렇게 강탈하려는 무리에 대해서는 예외지.

스릉.

나는 검을 뽑으며 경고했다.

"지금이라도 그냥 돌아간다면, 목숨은 건질 수 있을 겁니다."

"저 기생오라비 같은 게 뭐라는 거야?"

"뭐라고? 잘 안 들리는데?"

나를 조롱하는 이들을 보며 한숨을 내쉬었다.

왜 이리 좋게 말해서는 안 들어먹는 이들이 많은지 모르겠네.

그때였다.

"헉! 서, 서, 선……."

"뭐?"

그들 중 한 명이 숨이 넘어갈 듯 외쳤다.

"서, 서, 선협미랑!"

그리고 그자는 자신 앞의 이들의 뒤통수를 후려갈겼다.

퍽! 퍽! 퍽!

그리고 빼액 소리를 질렀다.

"지금 미쳤어? 죽고 싶어 환장했어? 저 재수 없을 정도로 잘난 얼굴! 선협미랑이시잖아!"

그 말에 그들의 얼굴에서 핏기가 사라지기 시작했다.

실시간으로 붉은 얼굴이 하얗게 변하는 건 제법 흥미로운 볼거리였다.

"시, 실례했습니다!"

그리고 후다닥 사라져 버렸다. 나는 납검을 하며 일행에게 말했다.

"쓸데없이 힘을 빼지 않아도 되니 다행이네요."

나를 보자마자 도망치는 그 모습에 감명이라도 받은 것인지 광풍단의 무사들이 나를 보는 눈빛이 좀 더 초롱초롱해졌다.

"그나저나 무림맹의 막사가 있는 곳은 어딜까요?"

내 중얼거림에 진유 무사가 말했다.

"제가 찾아보겠습니다."

혹시라도 무림맹의 이들 중에 누군가가 진유 무사를 알아볼 수도 있었다.

그렇기에 지금 진유 무사는 얼굴의 반을 가리는 가면을 쓰고 있었다.

나는 고개를 끄덕였다.

"부탁드려요."

진유 무사는 그 자리에서 사라졌고, 잠시 후 다시 모습을 드러냈다.

"저곳입니다."

나는 그곳으로 향하며 속으로 무림맹을 욕했다.
지원을 해 달라고 했으면 좀 구체적으로 설명을 해 주든지, 안내인을 붙여 주든지 해야 할 거 아니야.
기본이 안 됐어. 기본이. 칫!
곧 우리는 무림맹의 깃발이 휘날리는 진영 앞에 당도할 수 있었다.
"정지!"
그 앞에 있던 무사들이 우리를 향해 외쳤다.
"어디서 오셨습니까?"
이에 나는 앞으로 나가 말했다.
"영선민가에서 온 지원입니다."
"영선민가라면…… 아! 그곳이로군!"
그때 한 무사가 나를 보며 고개를 갸웃하다가, 이내 무언가 깨달은 표정으로 나섰다.
"혹시 선협미랑 대협이십니까?"
"부끄럽지만 그리 불리고 있긴 합니다."
"오오! 이런 곳에 무림의 영웅께서 오시다니!"
"영광입니다!"
그들의 태도는 단번에 바뀌었다.
내가 이래서 민망해하면서도 선협미랑이라는 명호를 적극 활용하는 거다.
무림에서는 명호가 주는 힘이 제법 크니까.
"이쪽으로 오십시오. 제가 직접 안내해 드리겠습니다."
그렇게 우리는 목책을 통과하여 무림맹의 진영 안으로

들어갔다.

그리고 나는 이번 일의 책임자라는 장로를 볼 수 있었다.

훤칠한 인상의 중년인이었다.

하지만 그 눈빛에는 묘한 절박함이 비치고 있었다.

“만나 뵙게 되어 영광입니다. 은서호라고 합니다.”

“만나서 반갑네. 나는 공동파의 장로 경산자라고 하네. 이쪽에 앉게나.”

“감사합니다.”

나는 자리에 앉았고, 곧 우리 앞에 차가 놓여졌다.

“영선민가를 대표해서 왔다고 들었네. 그곳과 무슨 연이라도 있나?”

“네. 영선민가는 제 외가입니다.”

“외가라면…… 아! 그러고 보니 영선민가의 장녀의 무재가 뛰어나다는 이야기는 들었네. 하여 미류검으로 불렸다지.”

“제 어머니이십니다.”

“역시! 그랬군!”

그러나 지금은 너무나도 오래된 일이었고, 어머니 역시 거의 검을 놓다시피 했기에 그 이름은 잊힌 이름이 되어버렸지만 말이지.

그나마 같은 감숙성에 위치한 공동파의 장로였기에 어머니의 명호를 기억하는 것이다.

나에게 연검을 선물 받으신 어머니께서 다시 검을 잡

으셨다는 것을 알게 된다면, 내 앞의 장로는 어떤 반응일까?

하지만 이를 밝힐 생각은 없다.

그건 대외비이며, 훗날을 위한 준비거든.

"아쉽게도 검은 놓으신 지 오래되셨습니다. 상단 안주인이 되시면서 너무 바빠지셨거든요."

"그건 참으로 안타까운 일이야."

"저도 애석하게 생각합니다."

장로는 화제를 돌렸다.

"그나저나 자네가 이렇게 와 줘서 얼마나 다행인지 모르겠네."

"지금 상황이 많이 안 좋습니까?"

내 물음에 그는 턱수염을 쓰다듬었다.

"좋다고는 할 수 없지. 지원을 약속했던 소림사에서 제자들을 보낼 수 없다는 전서구를 막 받은 참이네."

"혈곤성승은 소림의 대승이 아니십니까? 그런데 제자들을 보낼 수 없다니, 무슨 연유입니까?"

그는 탐탁잖다는 듯 혀를 차며 답했다.

"그저, 소림에서 파계한 자이니 소림과 연이 없다는 것이 이유의 전부였다네. 참으로 꽉 막힌 자들이지 않나?"

나는 속으로 미소 지었다.

정명 승려가 무사히 소림사로 돌아갔고, 어떻게 방장을 비롯한 윗분들을 잘 설득한 모양이다.

다행이네.

그런데…… 그 말대로라면 이번 영선민가에 대한 지원 요청은 내가 소림사 승려들을 돌려보낸 것 때문이 아니라는 뜻.

그럼 뭐 때문이지?

"아무튼, 자네가 와서 다행이네. 그래서 말인데 내일 있을 회의에 참석해 주게나."

"회의라면?"

내 물음에 그가 대답했다.

"서로 간의 충돌로 인한 무의미한 희생을 막고자 이번 혈곤성승의 검총에 진입하는 문제에 대한 회의를 하기로 했네. 중요한 회의이네. 이를 통해 누가 주도권을 잡게 될지 결정이 되거든."

"그런 중요한 회의에 제가 참석해도 되는 겁니까?"

우려를 표하기는 했지만, 속마음은 아니다.

그 회의는 반드시 참석해야 했다.

그래야 나와 영선민가의 이들이 아무 피해 없이 한 발 뺄 수 있는 발판을 만들 수 있다.

"그럼! 되고말고!"

다행히 그는 적극적으로 내게 참석할 것을 권했다.

하긴 명성 있는 사람이 한 명이라도 더 있다면 그 발언에 힘이 실리니까.

"그리 말씀하신다면, 미력하나마 힘을 보태겠습니다."

"고맙네."

그렇게 나는 그곳에서 물러났고, 기다리고 있던 이들에게 다가가며 나를 안내하는 무사에게 말했다.

"무림맹에서 지원을 요청한 식량을 가져왔습니다."

"감사합니다."

표국의 역할은 여기까지.

괜히 더 있어 봤자 좋은 꼴을 볼 것도 없고.

나는 표두에게 잔금을 치르며 배웅했다.

"조심히 돌아가십시오."

"저희 표국을 이용해 주셔서 감사합니다. 대협의 무운을 빕니다."

그렇게 표국 사람들은 연지산을 떠났다.

"그럼 저희가 묵을 막사로 안내 부탁드립니다."

"알겠습니다. 저를 따라오십……."

그때 그 무사는 아차 싶은 표정을 지었다.

"아, 그러고 보니 오늘 오신다는 말을 듣지 못해서…… 잠시만 기다려 주십시오."

"네?"

"잠시만 기다리시면 됩니다."

그리고 그는 허겁지겁 달려갔고, 한 시진 정도 후에야 막사를 안내받을 수 있었다.

우리의 막사는 오면서 본 막사들에 비해 제법 크고 안락했다.

그제야 나는 우리를 안내한 무사가 왜 그런 반응이었는지 알 것 같았다.

아마 영선민가의 막사 역시 오면서 봤던 그저 그런 막사였을 것이다.

하지만 그 일행의 대표가 나였기에 대우가 달라진 것이다.

부랴부랴 좋은 곳을 찾아, 새로 지어서 안내한 것이겠지.

우리 일행이 거의 서른 명에 달하기는 하지만, 워낙 큰 막사여서 비좁지는 않았다.

무사는 우리에게 이것저것 설명해 준 후에야 막사를 떠났다.

우리는 막사 안에 짐을 풀기 시작했다.

그냥 짐 모퉁이 하나를 각자의 침상에 올려놓는 것이지만, 제법 중요한 의미가 있었다.

바로 자신의 침상을 정하는 행동이었기 때문이다.

그런데, 모두가 짐을 든 채 나를 바라보고 있었다.

"왜 그리 보십니까?"

"대협이 먼저 침상을 고르십시오."

"그냥 적당히……."

"에헤! 그럼 안 되죠! 어서 침상을 고르십시오."

참, 침상을 고르는 게 뭐라고…….

그래도 나에게 먼저 침상을 고르라는 건 나를 저들을 이끄는 자로 인정한다는 의미이기에 나쁘지는 않았다.

나는 출입구에서 가장 가까운 곳을 골랐다.

그러자 팔갑과 호위무사들도 알아서 출입구와 가까운 침상을 골랐다.

광풍단 무사들은 그런 나를 보며 의문스러운 표정을 지었다.

보통 신분이 높을수록 안쪽을 선호하니까.

나는 대수롭지 않다는 듯 웃으며 말했다.

“저는 여기가 좋습니다. 그럼 각자 침상을 고른 후 휴식을 취하십시오.”

저녁이 되었다.

식사는 일괄적으로 배급을 받았는데, 솔직히 괜찮은 식사는 아니었다.

국수 한 그릇이 전부였으니까.

“도련님 것도 제가 가서 받아오겠습니다.”

그 말에 나는 고개를 저었다.

“아니, 됐어. 전장에 왔으면 그에 맞게 행동해야지.”

나는 직접 식사 배급처로 향했고, 국수를 받아 적당한 곳에 앉아 먹기 시작했다.

그때,

“지겨워! 지겹다고! 이제 제발 국수 말고 다른 것을 달라고!”

누군가의 외침에 모두의 시선은 그곳으로 향했다. 그곳에는 한 젊은 청년이 국수 그릇을 내던지며 난동을 부리고 있었다.

“다른 요리들 많잖아? 그런데 왜 맨날 불어터진 국수냐고?”

“진정하십시오.”

“여기서 이러시면 안 됩니다.”

그냥 단순한 식사 투정이군. 쯧쯧.

지금 이곳은 단순히 혈곤성승의 검총을 차지하기 위한 투쟁이 벌어지는 곳이 아니다.

각 세력 간의 자존심을 위한 전장이다.

이런 곳에서 식사 투정이라니…….

어지간히도 철이 없구나 싶었다.

그리고 아직도 극심한 흉년이 지속되는 중이다.

이런 국수 한 그릇을 위해 팔지 말아야 할 것도 파는 이들이 수두룩한데, 이렇게 국수 한 그릇이라도 먹을 수 있음에 감사할 줄 알아야지.

그 옷을 보니 제법 잘 사는 집안의 자제 같은데 그와 함께 온 이들이 골치 꽤나 썩겠구나 싶었다.

하지만 내 일이 아니기에 관심을 끄고 고개를 돌렸다.

아니, 돌리려고 했다.

그자가 나를 부르지 않았다면.

“거기! 당신!”

“저를 부르는 겁니까?”

“그대는 어찌 생각합니까? 고기라든지 다른 맛있는 음식을 먹고 싶지 않습니까?”

“뭐, 물론 그렇기는 하죠.”

내 말에 그의 얼굴이 환해졌다. 하지만 말은 끝까지 들어야지.

"하지만 이곳은 전장입니다. 언제 보급이 끊길지 모르는 상황에서 호화로운 식사는 사치라고 생각합니다. 이 국수는 다른 음식에 비해 빠르게 요리하는 것이 가능합니다."

나는 모두를 둘러보며 말을 이었다.

"이 많은 이들을 위한 음식으로는 딱 적당하다고 생각합니다만."

내 말에 그의 얼굴이 붉어졌고, 화를 내었다.

"젠장! 내가 언제 당신에게 의견을 내라고 했습니까?"

뭐라는 거야.

내 의견을 물어서 대답해 준 거잖아.

"아무튼, 나는 이런 국수같이 질 낮은 음식은 더 이상 먹고 싶지 않다고! 당신이나 실컷 먹어!"

"후……."

나는 웃으며 그에게 물었다.

"그런데, 공자의 이름이 어찌 됩니까?"

"나?"

나는 그 옆의 무사를 보았고, 그 무사가 대신 대답했다.

"이분께서는 서륜해가의 이공자이신 해준 공자이십니다."

서륜해가라면 섬서성의 무가이다.

나름 이름 있는 무가이기에 부유한 편은 맞지만, 우리 상단에 비할 바는 아니다.

은해상단이 백대 상단의 말석이었을 때보다도 못한 수준.

"그러는, 귀하는 누구십니까?"

저리 묻는 것을 보니, 나에 대해 모른다는 거군.

뭐, 다른 이들과 함께 국수를 먹고 있는 내가 선협미랑일 거라고는 생각하지 못했겠지.

"저는 영선민가에서 온 은서호라고 합니다."

내 대답에 해준 공자가 말했다.

"흥! 그런 수준 떨어지는 가문에서 왔으니 국수에 감지덕지하는 거겠지."

이에 광풍단의 무사들이 발끈했다.

"앉으십시오."

나는 미간을 찌푸리며 그들을 만류했다.

자꾸 열 받게 하네.

영선민가는 크지는 않지만, 유서 깊은 가문이다.

결코, 저런 소리를 들을 곳이 아니다.

아무리 철없는 청년의 발언이라고 해도 수많은 이들이 지켜보고 있다.

이걸 그냥 넘어간다면 다들 영선민가를 비웃겠지.

저걸 어떻게 조져 줄까?

문득 나와 동행하지 않은 영선민가가 어떤 대우를 받았을지 상상해 보니, 기분이 퍽 상했다.

하지만 이를 드러내지는 않고 담담하게 물었다.

"무슨 근거로 저희 영선민가가 공자의 가문에 비해 수

준이 떨어진다고 생각하시는 겁니까?"

"영선민가의 소가주가 과거 용봉비무회 결선에서 도망쳤다는 건 유명한 이야기 아닌가요?"

해준 공자의 말대로다.

백팔 명 안에 들었지만, 외숙부님께서는 더 이상의 비무를 포기하셨지.

썩어 버린 용봉비무회에 대해 실망하시면서.

그나저나 지금 저 발언은 영선민가뿐만 아니라 외숙부님까지 모욕하는 발언이다.

이에 해준 공자와 함께 왔던 자들이 깜짝 놀라 그를 만류했다.

그리고 우리에게 대신 사과했다.

"죄송합니다."

"정말 죄송합니다."

나는 혀를 찼다.

잘못을 저지르지 않은 자들의 사과는 받아봤자 소용없지.

"그건 과거의 일입니다. 과거의 일에 얽매여 현실을 직시하지 못하시다니 안타까운 일입니다."

"뭐라고요?"

"현재, 저희 영선민가가 그쪽과 비교해서 부족한 건 없습니다. 그러니 그런 억측 섞인 주장은 그만둬 주지 않으시겠습니까? 그리고 방금 발언을 사과해 주십시오."

"내가 왜 사과하죠? 잘못한 게 있어야 사과를 하죠."

나는 한숨을 내쉬며 사람들에게 말했다.

“이렇게 의견의 충돌이 생겼군요. 이럴 경우 어찌 해결해야 합니까?”

그때 누군가 말했다.

“무인들이라면 비무를 통해 의견을 관철해야지!”

“그렇지!”

“그럼그럼!”

사실 이런 곳에서 대기하고만 있는 것은 지루하기 짝이 없는 일이다.

그런 만큼 사람들은 이 상황을 흥미롭게 보고 있었다.

그러니 싸움을 부추기는 거겠지.

“싸워라! 싸워라!”

순식간에 판돈을 거는 사람들까지 생기며 비무를 하지 않고서는 안 될 상황이 만들어졌다.

내가 의도한 대로.

이곳에서는 되도록 검을 뽑지 않을 생각이었다.

하지만 알려진 실력 정도까지는 내보여도 문제없겠지.

그리고 이럴 때는 좀 본보기를 보여 줘야, 더 이상 나와 외가를 무시하지 않을 테고.

그런 말이 있다.

평화는 압도적인 힘을 통해 유지된다고.

눈에 띄는 행동을 자제해 온 것은 사실이지만, 무림인들 사이에서 이 정도는 그렇게 특별한 건 아니다.

또한 저자의 싹수없는 말을 모두가 들은 상태니, 내가

좀 손을 쓴다고 해도 다들 나를 지지해 줄 것이다.

"뭐, 좋습니다. 해 공자는 어찌 생각합니까? 설마 실컷 수준 떨어진다고 조롱해 놓고서는 발을 빼는 비겁한 짓은 하지 않으시겠죠?"

정파 무림에서 실력이 부족한 것보다 더 치욕스러운 것은 비겁한 행동이다.

예상대로 그는 물러나지 않았다.

"나, 나도 원하는 바입니다!"

그때 서우 무사가 말했다.

"주군, 제가 대신 나서겠습니다."

"아닙니다."

나는 고개를 저었다.

"제 외가가 모욕을 당했습니다. 그러니 제가 직접 나가 모욕을 씻는 것이 당연합니다."

그리고 내 앞을 바라보며 말했다.

"그러니, 공자도 누군가를 대신 내보낼 생각은 하지 마십시오. 그 입으로 제 외가를 모욕했으니 본인이 직접 책임을 지십시오."

내 말에 그는 얼굴을 찡그리며 말했다.

"처음부터 그럴 생각이었습니다."

그렇게 비무가 시작되었다.

"하압!"

먼저 내게 선공을 취해 오는 그를 보며 나는 피식 웃었다.

그의 검은 내 옷을 스치지조차 못했다.

"헉!"

나는 가볍게 그의 검을·피하고는 그에게 주먹을 뻗었다.

톡.

"컥!"

정말 가볍게 톡 닿았을 뿐이지만, 결과는 가볍지 않았다.

해준 공자가 볼품없이 뒤로 나뒹굴었다.

"헉! 헉! 제, 제법입니다."

그는 자리에서 일어났고, 다시금 진기를 끌어 올려 나를 향해 달려들었다.

스윽.

나는 그의 공격을 피하며 슬쩍 발을 걸었다. 하지만 워낙 은밀했기에 다른 이들의 눈에 보이지 않았다.

"으아악!"

우당탕탕!

이번에는 민망할 정도로 앞으로 넘어지며 구른 그는 씩씩거리며 일어났다.

"이, 이건 실수입니다."

"실수 한 번에 목숨 날아가는 곳이 무림이죠."

"젠장!"

그리고 다시 나를 향해 쇄도하는 검.

그러나 고작 이류 정도의 실력으로는 내 옷자락 하나

건드릴 수도 없지.

몇 번 더 공격이 실패하자, 그는 뭔가 잘못되었다는 것을 깨달은 듯 주춤거렸다.

"자, 잠깐, 아니, 대협……."

이제야 대협이냐?

"혹시, 대협의 경지가……."

"아, 저요? 절정입니다."

"……!"

내 말에 해준 공자는 깜짝 놀라 입을 떡 벌렸다.

그때 누군가 외쳤다.

"저 외모에 절정…… 설마 선협미랑?"

"선협미랑이라고? 아, 맞네!"

"그걸 왜 몰랐지?"

내가 선협미랑이라는 것을 알게 되자 해준 공자를 비롯한 그 가문의 이들의 얼굴은 새하얗게 질렸다.

그때 누군가 말했다.

"어, 그러면 저 공자는 선협미랑 대협과 그 외가를 모욕한 거네?"

"허…… 어쩌자고 그랬대?"

나는 피식 웃으며 말했다.

"자, 그럼 계속해서 갑시다. 비무는 아직 끝나지 않았습니다."

부웅-!

내가 검을 휘두르자, 해준 공자의 발 바로 옆 땅이 한 자나 패였다.

이를 본 해준 공자는 덜덜 떨면서 뒷걸음질 쳤다.

그런 그를 보며 그 가문의 사람들이 다급히 외쳤다.

"공자님, 얼른 사과하십시오!"

"사과하셔야 합니다."

그는 결국 나에게 고개를 숙이며 말했다.

"제, 제가 망언을 했습니다. 부디 용서해 주십시오."

"왜 저에게 사과를 하십니까?"

"네?"

"공자가 모욕한 대상은 영선민가입니다. 그러니 영선민가에 직접 사과해야 하지 않겠습니까? 저는 이에 대해 서륜해가에 항의 서한을 보낼 것입니다."

"아, 안 됩니다!"

그는 바닥에 엎드렸다.

"제, 제발 용서해 주십시오! 대협께서 가문에 항의 서한을 보내시면 저는 쫓겨날 겁니다."

나는 헛웃음을 지었다.

그러니까 영선민가를 모욕한 건 가문에서 쫓겨날 정도의 일이 아닌 거고, 무림의 영웅인 선협미랑과 그 외가를 모욕한 건 가문에서 쫓겨날 정도의 일이라는 거지?

후, 마음에 안 드네.

나는 내 앞에 머리를 조아린 해준 공자를 보았다.

"단순히 말로만 사죄할 생각입니까?"

"네?"

"사과라는 건 다시는 사과 할 짓을 저지르지 않겠다는 각오가 필요합니다. 그리고 그 각오에는 고통이 따라야 합니다. 신체적인 고통이든, 정신적인 고통이든, 심리적인 고통이든."

나는 말을 이었다.

"저는 공자가 후회라는 심리적인 고통을 동반하는 사과를 했으면 좋겠지만, 지금의 공자는 그저 이 상황을 면피하려는 것으로밖에 보이지 않는군요. 그러니까 성의를 보여 주세요. 그럼 저 역시 용서하겠습니다."

내 말에 그는 긴장된 표정으로 물었다.

"어, 어떤 성의를 말씀하시는 겁니까?"

사실 서륜해가는 평판이 꽤 괜찮은 무가이다. 그런 곳을 내 쪽으로 끌어올 수 있다면 힘이 되어 줄 터.

여기서 해준 공자의 목숨을 뺏거나 불구로 만든다면 오히려 원한이 쌓이게 된다.

하지만 복수할 방법이 그것만 있는 건 아니지.

나는 대답 대신 고개를 돌렸다.

"팔갑아, 내 짐 속에서 그거 가지고 올래?"

이제 척하면 척이다.

"알겠습니다요!"

팔갑은 부리나케 막사로 향하더니, 곧 보따리를 가지고 돌아왔다.

"여기 있습니다요."

나는 그 보따리를 받아 내려놓았고, 보따리를 풀었다.

그 안에 들어 있는 건 쇠로 만든 아대와 각반, 그리고 허리띠다.

“앞으로 이걸 차고 생활할 것! 그리고 아침마다 무림맹의 막사 주변을 열 바퀴 뛸 것!”

나는 미소 지었다.

“이게 내가 바라는 용서의 조건입니다. 그리고 이 정도면 제 외가도 용서할 겁니다. 어찌하시겠습니까?”

“하, 하겠습니다!”

“좋습니다. 그럼 당장 오늘부터 시작하죠.”

그는 살았다는 표정으로 보따리를 들었다.

하지만 그것을 들자마자 그의 표정이 변했다.

“이, 이거 무게가…….”

“아, 전부 합해서 오십 근(30kg)입니다.”

일반인에게는 무리겠지만, 해준 공자는 그래도 이류의 무인.

그 정도를 차고 생활해도 안 죽는다.

.

.

.

그날 밤.

내 막사에 누군가 찾아왔다는 말에 나가 보니 한 남자가 서 있었다.

“누구십니까?”

“나는 서륜해가의 해철이라고 하네. 자네가 벌을 준 준

이의 숙부이기도 하지."
"그러시군요. 그런데 여기는 어쩐 일이십니까?"
"오늘 불미스러운 일이 있었다고 들었네. 그에 대한 사과를 전하러 왔네."
해준 공자는 숙부와 함께 온 모양이다.
그렇다면 숙부의 귀에 오늘의 일이 들어가지 않았을 리가 없다.
그는 고개를 깊이 숙이며 사죄했다.
"정말 송구하네."
"아닙니다. 이러지 마십시오."
"그러니 부디 노여움을 풀고, 내 조카의 가혹한 처벌을 거둬 주게나."
하아, 이게 목적이었구나.
이리도 마음이 약하시니, 해준 공자가 안하무인이 된 거 아닐까?
나는 그에게 물었다.
"처벌이라…… 정녕 그리 생각하십니까?"
"그게 무슨 의미인가?"
"오십 근의 쇳덩어리를 차고 이 막사 주변을 도는 건, 처벌의 모양새를 띠고 있기는 하지만 실제로는 공자에게 수련을 지시한 겁니다."
"수련이라고?"
"서륜해가에서는 그런 수련을 하지 않는 것입니까?"
"……."

당혹스러운 얼굴.

조금 무리한 육체 단련이긴 하지만, 무의 길을 걷는 사람이라면 충분히 할 만한 수련이다.

그러니 그걸 깨닫고 저렇게 당혹스러워하는 거겠지.

"사실 그거, 제가 차고 훈련하던 겁니다. 그런데 공자에게 더 필요해 보여서 공자에게 내어 준 거죠."

"……."

"공자는 제법 뛰어난 재능을 가지고 있습니다. 하지만 오만함으로 인해 가진 재능에 비해 성과가 나오지 않는 것이라고 보입니다."

"그렇다면…… 그 아이가 여기서 더 성장할 가능성이 있기에 처벌을 빙자한 수련을 지시했다는 것인가?"

"그렇습니다."

"아……."

"동시에 그의 오만한 성격도 좀 눌러 주기 위함입니다. 그의 성장이 정체되는 정도의 문제가 아니라, 가문에 누를 끼칠 수도 있죠."

나는 말을 이었다.

"당장 이번에도 저와 제 외가를 모욕하지 않았습니까?"

그는 아무 말도 못 했다.

사실이니까.

나는 여기서 쐐기를 박았다.

"이는 가문에도 좋지 않을 뿐만 아니라 본인에게도 좋지 않습니다. 그로 인해 가문에서 내쫓김을 당한다면 충분히 성장할 때까지 지켜 줄 울타리를 어디서 찾을 수 있겠습니까?"

내 말에 해철 대협은 감동한 표정이 되었다.

"역시 사람들이 자네에게 선협미랑이라는 명호를 준 이유가 있군! 자네와 자네의 외가를 모욕한 내 조카를 생각해 주는 아량이라니!"

"그저, 말학을 위한 선배의 배려일 뿐입니다."

그는 굳은 눈으로 말했다.

"내 자네의 그 마음을 헛되게 할 수는 없지. 걱정하지 말게나. 내가 그 녀석이 농땡이 부리지 못하도록 철저하게 감시할 터이니."

"그리해 주신다면 감사할 따름입니다."

좋았어!

솔직히 아침마다 해준 공자가 제대로 하고 있는지 감시하려면 귀찮고, 내 호위들에게 시키자니 미안했는데 해준 공자의 숙부가 그 역할을 자처하니 잘 되었다.

숙부가 철저히 감시하고 있는데, 농땡이를 칠 수 있을 리가 없지.

후후후.

오십 근이나 되는 쇳덩이를 차고 달리려면 죽을 맛일 거다.

군자의 복수는 강렬한 한 방이 있다지만, 나는 군자가 아니라서 내 복수는 뒤끝이 좀 세거든.

그리고 해준 공자가 뭔가 잊은 게 있는데, 언제까지라

고 기한을 정하지 않았다는 거다.

.

.

.

다음 날 아침.

운기조식을 하고 간단히 수련을 마친 후, 나와서 아침을 먹었다.

땀을 뻘뻘 흘리며 진영 주변을 달리는 해준 공자를 사람들이 구경하고 있었다.

이를 뿌득뿌득 가는 소리가 내 귀에까지 들리는 것 같다. 하지만 그것도 며칠이다.

그런 생각도 할 수 없는 단계에 이를 테니까.

나는 피식 웃고는 지휘부 막사로 향했다.

"오! 왔구먼!"

공동파의 경산자 장로가 나를 반갑게 맞아 주었다.

"그럼 이제 회의장으로 가지."

"알겠습니다. 그런데 회의장은 어디입니까?"

내 물음에 그는 어느 한 곳을 가리켰다.

"저쪽에 보면 바위가 많은 곳이 있네. 그곳이 회합 장소이지."

우리는 곧 이곳으로 모인 이들과 함께 회합 장소로 향했다.

모인 이들 중에는 서륜해가의 해철 대협도 있었다.

이곳 연지산은 산은 산이지만, 사실 나무가 그리 많지

않다.
키 작은 관목들이 무성하긴 하지만.
그만큼 물이 부족하다는 의미이기도 하다.
그래서 제법 고생했었다고 하지.
우리가 회합 장소에 도착하자, 흑도의 무리들이 먼저 모여 있었다.
"왜 이리 늦었소?"
"우린 제 시간에 맞춰 왔네."
"약속 시간 반 각 전에는 도착해야 예의 아니오?"
"예의 따윈 밥 말아 먹은 그대들에게 그런 말을 들으니 새삼스럽군."
"뭐요?"
그 신경전에 경산자 장로가 양쪽을 중재했다.
"자자, 그만하고 자리에 앉읍시다."
그러는 사이 한 무리의 이들이 더 다가왔다.
이 콕콕 찌르는 듯한 기운…… 천마신교도들이다.
그렇게 세 세력이 모두 모이자, 협상이 시작되었다.
"혈곤성승은 정파의 인물이니 만큼, 우리가 그 주도권을 가지겠소."
"닥치시오! 소림사에서 파계 당했는데 정파는 빌어먹을!"
"뭐요?"
"솔직히 혈곤성승 그 땡중 때문에 우리 천마신교가 얼마나 많은 피해를 보았는데? 그 피해 보상 차원에서라도 우리가 먼저 들어가야 할 것 같은데?"

"피해 보상은 개뿔! 혈곤성승 대사에게 대가리 깨져서 납작 엎드린 게 뭐 자랑이라고?"

"지금 해 보자는 거야?"

"그래! 해 보자!"

순식간에 서로 무기를 빼 들고 드잡이하는 모습에 나는 얼른 멀찍이 떨어졌다.

그 모습을 보는 내 감상은 간단했다.

에헤야 디야. 개판이구나.

(은해상단 막내아들 20권에서 계속)